UNSERE REGION UNTER DEM REGENBOGEN!

WER DIESE SILHOUETTE SIEHT IST ZU HAUSE!

Herstellung und Verlag:

BoD – Books on Demand Norderstedt

ISBN: 9783743112049

rechte bei  Urheber- verbleiben den

Autorinnen und Autoren.

Gedruckt 2019

Umschlaggestaltung: Günter Richter

Illustrationen: Reiner Beab

Fotos: Oliver Meenken

Texterfassung: Günter Richter

Herstellung und Verlag:
BoD – Books on Demand Norderstedt

      2019   PAUL

Bibliografische Information der Deutschen Nationalbibliothek
Die Deutsche Nationalbibliothek verzeichnet diese Publikation in der Deutschen Nationalbibliothek, detaillierte bibliografische Daten sind im Internet über http//dnb.dnb.de abrufbar.

ISBN: 9783743112049

      Eine kleine Anthologie

GESCHICHTEN DIE DAS LEBEN SCHRIEB –

LEBENSGESCHICHTEN

UND VIELES MEHR!

Dieses Werk wurde ausschließlich von unbekannten Autorinnen und Autoren geschrieben. Diese bekennen sich alle, gerade in dieser sehr schwierigen Zeit zum Leben, zur Freiheit und zum Humanismus.
Wir wünschen ihnen viel Spaß beim Lesen .
Die Autorinnen und Autoren.

Geschichten die das Leben schrieb –
Lebensgeschichten und mehr

Krause

Abenteuer auf der Wiese

Lisa war zu Besuch bei Oma und Opa. Die Großeltern leben in einem kleinen Dorf. Lisa hatte ausgeschlafen. Im Haus war noch alles still. Die Sonne war bereits aufgegangen und wärmte die nahe Wiese. Schnell zog sich Lisa ein Kleidchen an und ging barfuß auf die Wiese hinaus. Das Gras kitzelte unter ihren Füßen. Überall summte und brummte es. Sie schaute den vielen Bienen und Käfern zu und fing an zu träumen. Lisa legte sich ins Gras, schloss die Augen und lauschte den Geräuschen rings umher. Plötzlich sah sie sich, mit einer Biene fliegend. Lisa war winzig klein. „Nanu, was ist denn das?" dachte sie. Die Biene flog zu einer wunderschönen Blüte. Lisa war verwundert über die sanfte Landung. Sofort krabbelte die Biene mit ihr in diese Blüte hinein. Sie staunte über die Farbenbracht, wie fein und zart alles war und dieser betörende Duft. Die Biene sammelte den Nektar und wollte wieder hinaus, Vor lauter Staunen hatte Lisa nicht aufgepasst und plumpst von der Biene in die Blüte. Die Biene summte, schwang ihre Flügel und flog auf und davon. Nun war sie allein in der Zauberwelt der Blüte. Lisa kam aus dem Staunen nicht heraus, sie betrachtete alles sehr genau. Es beunruhigte sie nicht in dieser Blüte zu sein. Im Gegenteil sie fühlte sich sehr wohl darin. Nun wurde es dunkel über ihr, Lisa überlegte, ob es schon Abend wäre. Aber nein, ein Schmetterling saß auf der Blüte mit ausgebreiteten Flügeln. Wie schön er doch war. Dann faltete er seine Flügel zusammen und es wurde wieder hell. Wenig später war er wieder auf und davon. Da näherte sich ein Brummen und wurde immer lauter, so dass sich Lisa die Ohren zuhalten musste. Sie erkennt eine Hummel, die zur Blüte möchte. Als diese landet, schwankt die Blüte gar sehr. Immer hin und her, hin und her. Lisa glaubt sich auf einer Schaukel „Oh ist das toll, welch ein Spaß." Plötzlich "aua, au". Die Blüte hatte sich so sehr geneigt, dass Lisa herausfiel. Sie fasst sich an die Nase. Da spürt sie eine Berührung. Sie reißt die Augen auf. Ihr Opa sitzt neben ihr und streichelt sie sanft. Er fragte: "Na kleines Fräulein ausgeschlafen"? „Ich habe nicht geschlafen, ich war mit einer Biene auf Entdeckungsreise". Dann komm sagt Opa, die Oma wartet mit dem Frühstück auf uns. Dort kannst du uns von deinen Abenteuern berichten.

Marion Lange

Es waren zwei Goitzschekinder

Es waren Toffel und Liese,
die hatten einander so lieb.
Sie konnten zusammen
nicht kommen,
die Goitzsche war viel zu tief,
die Goitzsche war viel zu tief.

Ach Toffel, kannst du
nicht schwimmen,
so schwimm doch
herüber zu mir.
Drei Kerzen werd'
ich anzünden,

die sollen leuchten dir,
die sollen leuchten dir.

Das hört eine alte Nonne,
die tat, als ob sie schlief.
Sie tat die Kerzen auslöschen,
der Toffel ertrank zutiefst,
der Toffel ertrank zutiefst.

Paul

Eine Geschichte voller Ereignisse

Im Alter zur Ruhe kommen, ja das wollte ich. Aus diesem Grunde habe ich auch zugestimmt „sofort" und „gleich" nach Darlingerode umzuziehen. Der Anruf kam Ende September 2015. Ich habe ihn selbst angenommen. Im ersten Moment wusste ich nicht, wovon die Dame am anderen Ende der Leitung sprach, "Wohnung frei - nehmen sie die Wohnung oder nicht?". Mir war wirr im Kopf. Um nichts falsch zu machen, bat ich um Aufschub bis Sonntag, denn der Anruf kam an einem Donnerstagnachmittag. Die Dame in der Leitung stimmte zu. Sie sagte in Ordnung, da habe ich Dienst. Was dann folgte waren

Formalitäten. Wir setzten uns nach dem Telefongespräch zusammen und versuchten aus dem vielen Puzzeln ein Bild entstehen zu lassen. Ja – richtig, wir hatten uns bei der Humanas Gruppe einige Wohnungen angeschaut. Zu dem Ergebnis gekommen, dass deren Konzept unseren Wünschen am ehesten entspricht. So haben wir uns für eine Wohnung angemeldet. Die Einzugsmöglichkeit wurde uns in 3 bis 5 Jahren in Aussicht gestellt. Nun war nicht einmal ein Jahr vergangen. Freude, Ratlosigkeit und tausend andere Fragen schwirrten im Kopf herum und plagten uns auch die ganze Nacht. Am Morgen war die Entscheidung klar. Sie viel noch vor dem Frühstück. Der Laden erhielt ein Schild auf dem Stand „Aus technischen Gründen geschlossen". Unser fahrbereites Wohnmobil gestartet und ab ging die Reise nach Darlingerode in der Nähe von Wernigerode. Wir kamen am WOMO – Stellplatz „Harzblick" an. Wir, das sind meine Partnerin Edeltraud, der Hund Benn und ich. Der Ort gefiel uns von Anfang an sehr gut. Die Wege zur Erledigung der Einkäufe sind kurz. Das Angebot in den Verkaufsstellen ist für den Grundbedarf ausreichend. Die Menschen denen wir begegneten waren freundlich und aufgeschlossen. Wir hatten das Gefühl, willkommen zu sein. Auf unserem Weg durch Darlingerode fanden wir 2 Frisörläden, Blumenladen, Allgemeinen Arzt, Zahnarzt und an der Feuerwehr eine Übersicht für den Ort. Zu dem Zeitpunkt sind wir noch davon ausgegangen, unser Antiquariat mit über 30 000 Büchern mit nach Darlingerode nehmen zu können. Aber wohin wir auch kamen, niemand wollte von alten Büchern etwas wissen. So führte uns unser Weg auch zur Sandtalhalle. Den ersten den wir zu Gesicht bekamen, war der Verwalter und Manager dieser Halle. Seiner fürsorglichen Art mit uns umzugehen, hat unsere Entscheidung für Darlingerode maßgeblich beeinflusst. Er versuchte für uns Türen und Tore zu öffnen. Nach einem Gespräch mit dem Ortsbürgermeister, hat uns dieser empfangen. Was folgte waren eher belanglose Gespräche mit Versprechungen, auf die wir noch heute warten. Der Freitag und der Samstag vergingen wie im Fluge. Unsere Versuche in Darlingerode Mittag Essen zu gehen scheiterten kläglich. Das trübte das gute Bild von Darlingerode etwas. Nun war es Sonntag geworden und mit ihm der Termin um 10:00 Uhr in der Seniorenwohnanlage mit der Frau

Böttcher. Der Empfang war sehr herzlich, die Formalitäten schnell geklärt und somit war klar, wir ziehen nach Darlingerode. Der Zeitpunkt des Umzuges wurde als zeitnahe benannt. Im Laufe des Gespräches sind wir auch auf das Antiquariat gekommen. Sogleich wurde der Gedanke geboren, ein kleines Bücherantiquariat in der Seniorenwohnanlage einzurichten. Dieser Gedanke hat mich fasziniert und begeistert. Die Realisierung erfolgte parallel zum Umzug. Schön war auch das unser Hund „Benn" und der Kater „Garfield" mit nach Darlingerode durften. Bereits am 22.10.2015 stellten wir uns den Bewohnern der Seniorenwohnanlage vor. Seit dem 01.12.2015 ist das nun unser neues zu Hause. Nunmehr nach einem halben Jahr kann ich sagen, alles richtig gemacht zu haben und noch keine Minute bereut. Da sich die Möglichkeit geboten hat, meinen Büchern noch etwas näher zu kommen, bin ich nun in die Wohnung 3 umgezogen. Das heißt, ich lebe direkt im Antiquariat. Ich fühle mich sehr wohl in der Anlage, so wohl habe ich mich als Kind in der Obhut meiner Eltern gefühlt. Plötzlich brechen Erinnerungen hervor, an Dinge und Ereignisse, die ich längst vergessen glaubte. Wir waren zu Hause drei Kinder. Meine acht Jahre ältere Schwester Uta, meine jüngere Schwester Hannelore und ich, der 1949 geboren wurde. Unser Vater war sehr viel auf Montage und die Mutter arbeitete in der Landwirtschaft. Somit war es das Los unserer älteren Schwester uns die Mutter zu ersetzen. Das ging am Ende soweit, dass Vater und Mutter sagen konnten was sie wollten, es wurde erst gemacht wenn unsere große Schwester nickte. In der Familie waren die Aufgaben klar verteilt und jeder hatte seinen Anteil am funktionieren des Ganzen zu tragen. Von frühen Kindesbeinen wurde ich in handwerkliche Dinge einbezogen. Am meisten störte es mich, für unsere beiden Ziegen täglich Futter holen zu müssen. Ach ja, ich vergaß, im Haushalt lebte auch noch eine Oma, die Mutter meiner Mutter. Täglich nach der Schule fing sie mich mit der Krücke ihres Gehstockes ein und verabreichte mir einen Löffel Lebertran. Ein wahrhaft fürchterliches Zeug, was den Geschmack betrifft. Sicherlich ist die Oma auch schuld daran, dass ich bis heute noch keinen Fisch esse. Sobald auch nur ein Stück Fisch in meinen Mund gerät, werde ich sofort an den Lebertran erinnert und mein Magen stülpt sich um. Die schönste Zeit des Jahres war für mich der Frühsommer, so ab Ende April bis Ende Juni. In dieser Zeit war es meine Aufgabe, die Gänseküken am Dorfteich zu hüten. Alltäglich versammelten sich dort sechs bis acht Kinder, jeweils mit einer Gänsekükenschar von acht bis sechzehn Stück. Jeder hatte eine Wolldecke und den Schulranzen dabei. Die Hausaufgaben wurden in Gemeinschaft erledigt, natürlich am Dorfteich. Die Gänseküken hatten einen Punkt oder Strich aus Ölfarbe auf dem Kopf, damit sie am Ende des Tages wieder auseiandersortiert werden konnten. Nach ca. einer Woche sortierten sich die Gössel wie von Geisterhand am Ende des Tages wie von selbst, allein durch die Stimmen der Gänsehirten. Die schlimmste Zeit des Jahren war eine Woche vor Pfingsten bis zwei Wochen danach. In dieser Zeit musste alles was Beine hatte, laufen oder kriechen konnte, hinaus auf den Rübenacker. Zuerst wurden die Rüben auf Büschel gehackt (auf Abstand gehackt). Danach wurden diese Rübenbüschel, über den Acker griechend, so vereinzelt, dass nur noch eine Rübe stehen blieb (verzogen). Täglich fünf Uhr morgens ging es los und um sieben Uhr war für uns Kinder dann erst einmal Schluss. Es hieß, ab nach Hause die Grude in Ordnung bringen, den Topf mit Schweinefutter aufsetzen und auch das Mittagbrot für die Eltern dazu stellen. Dann im Dauerlauf die beiden Ziegen auf die Weide bringen und anpflocken. Nun musste noch zwei Kilometer bis zur Schule gelaufen werden. In der sogenannten Rübenzeit begann die Schule dreißig Minuten später. Wehe dem, der in der Schule einschlief. Der erhielt einen Schlag mit dem Rohrstock und musste in der Ecke stehen. Ich erinnere mich genau. Einmal habe ich es nicht geschafft, die Ziegen zur Weide zu bringen. Das wollte ich nach der Schule erledigen. Jedoch haben die Ziegen im Stall solange an dem Verschluss geleckt und geknappert, bis dieser aufgesprungen ist und die Tiere frei waren. Sofort liefen sie zur Tür hinaus und haben sich in Richtung Schule bewegt und nicht auf die nahe Weide. Der Schulhof war mit einem Meter hohen Lattenzaun umgeben und dahinter hatte der Schuldiener wunderschöne Blumenbeete angelegt. Die hungrigen Ziegen sind über den Zaun gesprungen und haben sich über die schönsten Blumen hergemacht und abgefressen. Mitten in der Stunde ging die

Klassentür auf und der Schuldiener steckt seinen Kopf herein. Er nahm die Mütze ab und sagte in gebeugter Stellung zum Lehrer: "Die Zicken von Meiers Lottchen sind uf dem Schulhowe un fressen die janzen Blumen ab". Ich wurde in der Bank immer kleiner, denn damit war ich gemeint. Zur Erklärung, auf dem Dorf wurden die Kinder nicht mit dem Vornamen und Nachnamen angesprochen, sondern die Zuordnung erfolgte nach dem Mädchennamen der Mutter. Meine Mutter hieß Lieselotte Meier. Ich sprang über die Bank zur anderen Seite im Klassenzimmer, so dass der Lehrer mich nicht mit seinem Rohrstock erwischte, schupste den Schuldiener zur Seite, war aber nicht schnell genug und erhielt eine gewaltige Ohrfeige. Auf dem Schulhof erwarteten mich meine Ziegen. Die offene Gartentür haben wir alle drei übersehen und sind gemeinsam über den Zaun gesprungen. Was zu Hause folgte verschweige ich lieber. Meine Mutter hat neue Blumen gekauft und ich musste diese am nächsten Tag zum Schuldiener bringen. Der Lehrer hat seinen Schlag mit dem Rohrstock natürlich auch nachgeholt und 3 Stunden nachsitzen durfte ich auch noch. In dieser Zeit musste ich die Blumen einpflanzen. An den meisten Blumen habe ich einen Großteil der Wurzeln abgerissen, aber angewachsen sind die Blumen trotzdem. Wir konnten als Kind noch Kind sein, haben auf der Straße fangen gespielt, verstecken und vieles andere mehr. So verging die Zeit wie im Fluge, die Schule war zu Ende und die Lehre begann. Lehrjahre sind keine Herrenjahre. Im Zementwerk Bernburg lernte ich dann BMSR-Mechaniker (Betriebs-Mess-Steuer- und Regelungsmechaniker). Nach der Lehre wechselte ich zum Betonleichtbaukombinat Dresden. Nach einigen Jahren erarbeitete ich mir im Fernstudium den Ingenieurabschluss für Elektronik an der FH Eisleben. Wieder etwas später war ich dann nochmals Student an der Humboldt-Uni in Berlin und wollte Rechtsanwalt werden. Aber leider ist die Wende dazwischen gekommen, so dass ich nur den Abschluss in einigen Fächern besitze. Nach der Wende habe ich mich als Geschäftsführer im ehemaligen Straßen- und Brücken-Tiefbaukombinat beworben und den Zuschlag erhalten. Somit stand ich über Nacht in der Verantwortung für 720 Beschäftigte. Mehrere Jahre harten Kampfes und wir hatten ein konkurrenzfähiges Unternehmen auf die Beine gestellt. Dafür erntete ich kein Lob, sondern hatte Ärger ohne Ende. Die Herren der Treuhand Halle waren der Meinung, ich hätte meinen Auftrag falsch verstanden. Ich hatte die Aufgabe, das Unternehmen verkaufsfähig zu gestalten. Das heißt mit anderen Worten, herunterzuwirtschaften. Ich habe es hingegen saniert und Kapital angehäuft. Kurzerhand wurde ich dafür entlassen und nur wenige Minuten später als Liquidator der Firma wieder eingesetzt. Damit war ich Angestellter der Treuhandanstalt Halle und in schneller Folge GF einiger Treuhandbetriebe.

Nach kurzer Zeit ist mir dann die Trennung von der Treuhandanstalt Halle gelungen. Danach war ich Werkleiter der Firma KANN Beton im Raum Halle. Wieder einige Jahre später wurde ich dann zum GF der KANN −Beton Westsachsen bestellt. Diese GmbH umfasste 7 Werke an den unterschiedlichsten Standorten. Wie aus heiterem Himmel kam dann die Diagnose Darmkrebs. Nicht alles ist glatt gelaufen und so wurde ich EU-Rentner. Wenig später dann ein Herzinfarkt mit drei

Bybässen, der mich völlig aus der Bahn geworfen hat. Ich habe sieben Jahre gebraucht, um wieder Fuß zu fassen. Da ich nicht aufgebe, war ich ehrenamtlich im KIEZ- Güntersberge tätig. In dieser Zeit entstand auch das erste Buch in Kooperation mit Frau Solveig Schröder. Durch die umfangreichen Recherchen zu diesem Buch eignete ich mir sehr viel Wissen über die Natur an. Es ist ein wahrlich aufregendes Leben und ich gebe auch jetzt noch nicht auf, denn ich möchte den Rest meines Lebens in Zweisamkeit verbringen. Vielleicht ist mir dies ja vergönnt. ICH BIN EIN KÄMPFER.

Dietrich

Der Harzausflug

Vom Piepenkrug hebbe ick mienen olen Kameraden afeholt, um mit ehne ainen Utflog in den Harz tau maken. Der Hannes und eck, der Männe, heben bie de Atterie gedient. Wei waren unzertrennliche

Kannoniere. Jetzt hat es endlich geklappet, dat we iuns etropen haem. Dat Wiedersehen war eine höllisch grote Freude. Et solle nicht lange dauern und loß jang et mit en Utflaug. Vom Piepenkrug über den Trippelstieg, na de Host, dat erschte Beier, dann durch den Diebelsgrund, wo der Baerlauch wassen deut. Nun jung et tauen Waterweg nachen „Brunsumpf", wider na Hütteroe, bekannt durch de Grasemusik und den beiläufigen Namen „Stumpeldumen". Jetzt sind wir beide über dat Harzerhochplateo in Richtung bluen See e gahn. Da moßten wie uns erstmal aien tau Brust nehmen, anen richtigen Schluk ute Pulle, sone Dumenbreite, na ja er konne dat auch, er hare de Pulle och medde brocht. Dat war ein fines köstliches Gesöff, an dühren Kräuter, an „Stichpimpulibokforzelorum", der lief wie El über de Tunge. Unser Ziel war Ellgerode in de Stadt der Berchlüe, mit Isenzgrube. Nu geiht et wider Barch opper un tau de „Harkemänner", so heißen die Königshütter, de hem en groten Watterfall un dann hem se noch ane warme und ene kohle Bode. De werden hier zur Bode tausammen vermehrt. Jetzt geiht et über de Lange ein Tippelweg, am Flugplatz vorbei an „drei Schneepläuge", na de

„Löppelschnitzer", dat sind de Oberharzer ut Bennecken Steiner. Nun war et Tiet tauen Middageten. Wei haren en mächtigen Kohldamp und eine drö Kehle. Dat Glas Beier dat zischte so richtig bim Drinken. Tau eten gaf et „Hackus mit Krüste". Tau Verdauung no an duppelten „Schierker". Wenn wei in Benneckenstein ewest sind, mussten wei den Jejenstein vun Maxe Schmeling besocht ham. Nun geiht es an der Rappbode wider na de „Raben", nach „Druidenstein", taun bekannten Bäckermeister „Onkel Goethe"', dar ist nämlich wietläufig mit dem großen Schriftsteller „Wolfgang von Goethe" verwand. Jetzt geiht es über Hasselfelde na de „Käsepoppels oder Zwanziger" genannt. Die Sticher haren nämlich ane aigene Harzkäserei. Der Name Zwanziger kümmet daher, wenn de Sticher zum Schwof aus en Tanzboden jangen mosten 20 Lüe tau samme sinn, sonst sind de nicht uten Orte gegahn. De Käsepoppels haren och ane aigene Losung „Unsere Heuner trampen wei sülmss". Hüte sind de Sticher adlig, die hem ainen König, de Burjermeister het König. Nun wollen wei in Richtung Blankenburg tippeln. Durch dat Luppbodetal jang es Barch ope run und weder op rop, bis wei bie de

„Schachtschieber" in Wienroe ane kommen sind. Dat Tippeln macht durstig. Unsere Vorräte waren alle, wei mossten noch mal inkehren, wo gahn wei hen? Taun „Schachtdeckel", so heit de Kneipe, da konnen wei unse höllischen Dorscht löschen. An de Dübelsmuer geiht et wider taun „Saftland oder Saftbacke", so heten de Timmstedter. Weiter geiht et tau den „Zippeltramper" na Westerhausen. Von hier ut lopen wei durch de „Arschkerbe" retur taun Piepengrund. Damit is de Harzutflug tau enne. Hannes und Männe trennen sich mit vielen Grüßen und guten Wünschen.

Marion Lange

Kein schöner Land

Kein schöner Land in dieser Zeit,
als hier das unsre weit und breit,
wo wir uns finden,
wohl unter Linden
zur Abendzeit.

Da haben wir so manche Stund',

gesessen hier in froher Rund
und taten singen,
die Lieder klingen,
im Goitzschegrund.

Dass wir uns hier in diesem Tal,
noch treffen so viel hundertmal.
Die Goitzsche wird es schenken,
die Goitzsche wird es lenken,
in ihrem Wald.

Nun Leute eine gute Nacht,
der Mond am hohen Himmel wacht.
In seiner Güte
uns zu behüten,
ist uns bedacht.

Paul

Die kleine Getreidefibel

Getreide ist das wichtigste Lebensmittel auf Erden. Es kann durch nichts ersetzt werden.
<u>Weizen</u> enthält leicht verdauliches pflanzliches Eiweiß und sehr vitaminreiche Weizenkeime. Er ist reich an Vitamin B_1, B_2, B_6 und vor allem Karotin sowie

Kalium, Phosphor, Magnesium und Kieselsäure. Wegen seiner leichten Verdaulichkeit gilt Weizen als das bevorzugte Getreide für den geistig Arbeitenden.

<u>Roggen</u> ist besonders ballaststoffreich und neben vielen B-Vitaminen liefert er wertvolle Mineralien, vor allem Kalium, Phosphor, Fluor, Kieselsäure und Eisen. Dieses Getreide ist besonders würzig und gibt dem Brot den kraftvollen Geschmack.

Gerste ist als älteste Getreideart sehr bekömmlich und reich an wertvollen Salzen. Die mineralische Gerste enthält besonders viel Kalium, Phosphor und Kieselsäure. All diese Mineralien sind im Unterschied zu den anderen Getreidearten auch im Mehlkörper vorrätig.

<u>Hafer</u> nimmt eine Sonderstellung unter den Getreidearten ein, da er zu den Vitaminen E, B1, B2, und B6 das seltene Biotin (Vitamin H), hochwertiges Pflanzenfett, biologisch wertvolles Eiweiß und zahlreiche Mineralien bietet. Wegen der leichten Verdaulichkeit werden Produkte aus Hafer auch als Kinder- und Diätnährmittel eingesetzt.

<u>Mais</u> entstand vor 4 600 Jahren aus zahlreichen Veredelungen durch die Mayas (Mittelamerika). Er ist besonders

kalorienarm und frei von Gluten und Gliadin, hat damit ein sehr hochwertiges, gut verträgliches Eiweiß und eine große Bedeutung in der Ernährung. In vielen südlichen Ländern wird Mais als Hauptnahrungsmittel verwendet.

Erzählt von Oma Gabi Hillebrand

Der kleine Schreihals

In dem kleinen Ort Darlingerode, am Rande des Harzes, wohnte ein kleiner Junge namens Julian zusammen mit seiner Mama, dem Papa und der älteren Schwester Laura. Julian ist ein hübscher und freundlicher Junge. Nur ab und an, da war es mit ihm nicht auszuhalten. Immer, wenn er seinen Willen nicht erhielt, rastete er aus und brüllte so laut er konnte. Seine Schwester hielt sich jedes Mal die Ohren zu und rief: „ich halte das nicht aus". Sein Papa schimpfte dann, er solle endlich aufhören zu grölen, aber da wurde Julian noch lauter. Er schrie immer wilder. Seine Mama war schon ganz entnervt und fing an zu weinen. Alle Leute im Haus und auch die, die gerade am Haus vorbei gingen wunderten sich über das Geschrei. Was war nur los in dem Haus? Die Katzen und Hunde der Nachbarschaft rissen aus und versteckten sich vor diesem Lärm. Die Gartenvögel flogen schnell davon und die Käfer und Würmer in den Gartenbeeten versteckten sich, sobald Julian anfing zu schreien. Sie baten ihn, damit aufzuhören, denn niemand konnte das Geschrei ertragen. Selbst die Großeltern von der anderen Straßenseite ertrugen sein Geschrei nicht und schlossen die Fenster zur Straße. Aber Julian hörte nicht auf und alle Betroffenen waren darüber sehr traurig. Aus diesem Grunde ging Mama mit ihm zum Kinderarzt. Sie wollte wissen,, welche Krankheit der Julian hat. Der Doktor untersuchte ihn gründlich, konnte jedoch nichts krankes an Julian finden. Der Junge war kerngesund. Alle, die Julian schon schreien gehört hatten, kamen zu der Meinung, bei Julian wäre es nur der Dickschädel. Jeder der es gut meinte, redete mit ihm darüber. Alles half nichts, bis eines Tages, es war der letzte im April, Julian wieder einen besonders heftigen Wutanfall bekam. Es war nach dem Abendbrot, das Sandmännchen war zu Ende und Julian sollte sich fürs Bett fertigmachen. Das wollte er jedoch nicht. Viel lieber spielte er mit seiner Eisenbahn. Er begann wieder ganz fürchterlich zu schreien. An diesem Tage treffen sich die Hexen dieser Welt auf dem Brocken. Sie berichten dem Teufel über ihre Hexereien aus dem vergangenen Jahr und nehmen neue Aufträge für das kommende Jahr vom Teufel in Empfang. Dann tanzen und singen sie ausgelassen auf dem Brocken. Die Hexen haben sehr weite Wege zum Brocken und deshalb reisen sie auf ihren Flugbesen an. Zu dem Zeitpunkt, als die kleine Hexe Knuddellieschen über unser Haus flog, fing Julian wieder herzzerreißend zu schreien an. Vor Schreck lies die kleine Hexe ihren Flugbesen fallen und fiel geradewegs in den Vorgarten von Julians Eltern. Aua, dass tat höllisch weh! Knuddellieschen war hinter den Rosenstrauch gefallen. Dabei zerriss ihr schönes neues Röckchen. Oh mein schöner neuer Rock, dachte Knuddellieschen, den muss ich erst reparieren bevor ich weiterfliegen kann. Der Besen ist ja im Regenfass gelandet und alle seine Borsten wurden nass. Auch der muss erst wieder trocknen bevor ich weiterfliegen werde. Wenn ich mit zerrissenem Rock ankomme, lachen mich alle Hexen aus. Sie rappelte sich aus der Rosenhecke und zog den Besen aus dem Regenfass. Dann schaute sie sich vorsichtig um. Das fürchterliche Gebrüll war immer noch zu hören. Es kam aus dem offen stehenden Fenster dort. Vorsichtig schlich sie sich ans Fenster und schaute hinein, ob wohl jemand zu sehen sei. Aber da war niemand. Schnell hüpfte die kleine Hexe in die Stube und versteckte sich hinter dem Sofa. Dort konnte sie niemand entdecken. Sie hörte, wie im Nachbarzimmer die Kinder von Vater und Mutter ins Bett gebracht wurden. Der kleine Schreihals brüllte noch immer, der Hexe taten die Ohren weh. So ein Geschrei hatte die Hexe noch nie erlebt. Dann kamen die Eltern in die Stube und setzten sich auf das Sofa, hinter dem sich die kleine Hexe versteckt hatte. Die Mutter begann leise zu weinen und sagte zum Vater: "Wenn ich doch nur wüsste, wie wir unserem Julian das Geschrei abgewöhnen könnten". Der Vater zuckte mit den Schultern und antwortete: "Ich weiß es auch nicht. Wenn uns doch nur jemand helfen würde" „Wir müssten hexen können", sagte die Mutter. Dann würde ich ihm das Geschrei weghexen. „Ja, ja", sagte der Vater: "Aber leider haben wir niemanden, der das kann." Nun müssen wir uns dieses Geschrei noch ewig anhören. Komm lass uns unserer Arbeit nachgehen denn hier können wir nichts tun. Somit gingen beide aus dem Zimmer. In der Zwischenzeit hatte die Mutter gebügelt und kaputte Sacher zur Seite gelegt. Als sie mit dem nähen beginnen wollte, kam der Vater und sagte: "Es ist spät geworden, lass uns zu Bett gehen". „Ja" sagte die Mutter: "Das Nähen hat Zeit bis morgen." Sie gingen beide schlafen. Knuddellieschen hinter dem Sofa hatte alles mit angehört. Nun kam sie hervor. Was ist das nur für ein kleiner Junge, der seinen Eltern so viel Kummer bereitet, dachte sie. Den muss ich mir doch einmal ansehen. Aber zuerst werde ich mein Röckchen nähen. Nur gut, dass das Nähzeug liegen geblieben ist. Schnell hatte Knuddellieschen ihr Röckchen repariert und wieder angezogen. Dann schlich sie sehr leise ins Kinderzimmer. Dort schliefen die beiden Kinder, vom Geschrei erschöpft. In einem hohen Bett schlief ein kleines Mädchen inmitten ihrer Puppen, Teddys und den anderen Plüschtieren. Das kann ja nur die Schwester vom kleinen Schreihals sein, dachte die kleine Hexe. Neben dem großen Bett stand noch ein kleineres Bett mit gelber Bettwäsche.

Darin lag, ganz friedlich, ein kleiner Junge und hielt einen wuscheligen Plüschhund im Arm. Das ist der kleine Schreihals, dachte die Hexe. Er ist doch ein niedlicher kleiner Kerl. Warum er wohl seinen Eltern so viel Kummer bereitet, durch sein ständiges Geschrei. Ihr wisst ja, dass es gute und böse Hexen gibt. Die kleine Hexe Knuddellieschen war eine von den guten Hexen, die den Menschen half. Sie beschloss also, dem Julian das Geschrei abzugewöhnen. Aber ihr fiel nicht ein, wie dies geschehen sollte. Plötzlich hatte sie eine Idee. Ich werde den Schreihals auf meinem Flugbesen mitnehmen und die anderen Hexen um Rat fragen. Ganz vorsichtig nahm sie Julian aus seinem Bett und schlich mit ihm aus dem Haus. Beide setzten sich auf den Flugbesen, brumm, brumm schon flog sie mit Julian auf und davon. Immer höher, immer höher stieg der Besen, sie konnten den Brocken schon sehen. Mit Schwung landeten sie dort. Julian merkte von alledem nichts, denn er schlief tief und fest. Die anderen Hexen waren längst versammelt und warteten nur noch auf Knuddellieschen. „Wen bringst denn du da mit"? fragten die anderen Hexen. Knuddellieschen erzählte die Geschichte. Ich möchte gern den Eltern helfen, aber ich weiß nicht wie. Habt ihr nicht eine Idee? Die Hexen überlegten hin und her, kreuz und quer, aber keiner konnte etwas richtiges einfallen. Die Hexe Quackalapap wollte Julian in einen Frosch verwandeln, dann könnte er den ganzen Tag im Teich quaken. Die Hexe Erdmutze wollte ihn in eine Maus verhexen, damit ihn die Katze fressen kann. Nein, sagte da die Hexe Puschelwuschel, wir verwandeln ihn in einen Igel, die sind von Natur aus leise. Runzelpunzel, die älteste Hexe, hätte den Jungen lieber in einen Lederbeutel verwandelt, um darin ihre Kräuter zu sammeln. Das alles ließen die guten Hexen nicht zu. Es muss doch eine andere Lösung geben, sagten die Hexen und stritten heftig miteinander. Jede wollte den Julian verzaubern. Die Hexen wurden immer lauter, denn jede wollte ihren Zauberspruch aufsagen. Da wurde der Junge wach und als er die vielen Hexen sah, erschrak er gewaltig. Er rief nach seiner Mama, er schrie so laut wie es die Hexen nie zuvor erlebt hatten. Er war lauter als alle Hexen zusammen. Sie schauten sich an und waren ratlos. Da wurde es der Hexe Schlussmitlustig zu viel. Sie holte ihren Zauberstab hervor, zeigte damit auf Julian und sprach: "Hexenei und

Krötendreck, nimm sofort die Stimme weg"!!! Es wurde still, Julian machte zwar immer noch den Mund auf und zu, aber es kam kein Ton mehr aus seinem Mund. Die Hexe hatte seine Stimme weggezaubert. Nun konnte Julian nicht mehr sprechen, lachen oder schreien. Nur weinen konnte er noch, aber nur lautlos. Die kleine Hexe Knuddellieschen erschrak sehr darüber und ging zur Hexe Schlussmitlustig und bat sie, den Zauber zurückzunehmen, aber diese hatte den Entzauberungsspruch vergessen. Endlich Ruhe, das wolltest du doch oder? Da wurde die kleine Hexe Knuddellieschen ganz traurig. Wenn der Julian nicht mehr sprechen kann, dann kann er doch auch nicht sagen, wenn er Hunger hat oder wenn er Bauchschmerzen hat. Er kann niemanden erzählen, was im Kindergarten gewesen ist, was er anziehen möchte, ob er friert oder schwitzt. Julian kann seiner Mutti nicht „Gute Nacht" sagen. Auch kann er seiner Oma kein „Hallo" mehr zurufen oder mit dem Opa telefonieren. Julian saß ganz unglücklich zwischen den Hexen und weinte lautlos vor sich hin. Er hatte schreckliche Angst vor ihnen und zitterte am ganzen Körper. Da kam die kleine Hexe Knuddellieschen auf ihn zu, nahm ihn in den Arm und wollte ihn trösten. Sie versprach ihm: "Ich bringe dich gleich wieder nach Hause", denn die Hexennacht auf dem Brocken war gleich zu Ende und alle Hexen mussten vor Sonnenaufgang wieder nach Hause in ihr Hexenrevier fliegen. Die Hexe holte ihren Flugbesen setzte Julian darauf und ab ging die Post. Nach kurzer Zeit waren sie bereits in Darlingerode. Ganz vorsichtig setzte Knuddellieschen zur Landung an und hob den vor Angst schlotternden Julian herunter. Dann trug sie ihn zurück ins Kinderzimmer und legte ihn wieder in sein Bettchen. Ich bin bald zurück und werde dir deine Stimme wiedergeben. Dann schlich sie aus dem Haus und flog auf und davon. Julian lag ganz still in seinem Bett und wartete auf seine Mutti. Geschlafen hatte Julian seit der Zeit auf dem Brocken nicht mehr. Endlich war es soweit, die Tür ging auf und die Mama kam herein. „Guten Morgen meine Süßen, aufstehen, wir müssen in den Kindergarten", rief sie. Die Schwester räkelte sich im Bettchen und rieb sich den Traumsand aus den Augen. Julian sprang sofort aus dem Bett und wollte zur Mama auf den Arm. Da er ja nicht reden konnte, zog er die Mama am Ärmel, damit sie ihn hochhob. Die Mutter wunderte sich, das Julian von selbst aus dem Bett kam. Sonst tat er das nie. „Na, mein kleiner Schreihals was ist denn mit dir los"? Julian klammerte sich an seine Mama und begann zu weinen. Denn er konnte ihr ja nicht erzählen was er in der Nacht erlebt hatte. Die Mama wunderte sich immer mehr, dass Julian weinte, über überhaupt nicht sprach. „Hast du Halsschmerzen oder bist du heiser", fragte sie ihn. Aber wieder kam kein Ton über seine Lippen. Die Mama schaute ihm sofort in den Hals, aber konnte nichts erkennen. Fieber messen brachte auch kein Ergebnis, so dachte die Mama, sicher hat er schlecht geträumt. Im Kindergarten sagte die Mama allen Erzieherinnen Bescheid, das sich Julian etwas merkwürdig benahm. Denn er hatte heute noch kein einziges Wort gesprochen. Im Kindergarten saß Julian den ganzen Tag etwas abseits. Er konnte ja nicht sprechen und daher auch nicht sagen, mit wem oder was er spielen möchte. Auch beim Singen beteiligte er sich nicht, saß nur stumm in der Ecke. So wurde er immer trauriger und alle wunderten sich. Am Nachmittag holte die Mama die Kinder wieder ab. „Wollen wir uns den großen Kran an der Eisenbahn ansehen", fragte sie. Wieder kam keine Antwort. Der Junge ist doch sicher krank dachte sie. Da werde ich gleich morgen früh mit ihm zum Arzt gehen. Am Abend brachte die Mama ihren Julian ganz besorgt ins Bett. Den ganzen Tag hatte er noch keinen Laut von sich gegeben. Julian war sehr traurig, denn ohne Sprache war es sehr schwer den Anderen mitzuteilen, was man wollte. Er schlief schnell ein, weil er ja noch Schlaf nachzuholen hatte. Unterdessen hatte die kleine Hexe ihre Freundin die Fee Rosalila aufgesucht und ihr vom kleinen Julian erzählt. Die Fee erklärte sich bereit, den Zauber der Hexe Schlussmitlustig wieder aufzuheben. So flogen beide zum Haus von Julian und schlichen sich ins Kinderzimmer. Rosalila hatte ihren Feenstern mitgebracht. Den hielt sie nun über den kleinen Julian und sprach ihren Zauberspruch: "Simsaladi, Simsaladu, Simsalada"- Stimme sei nun wieder da, um zu reden, um zu singen, sollst damit nur Freude bringen. Kein Gegröle, kein Geschrei, sonst ist es mit der Stimm, vorbei. Dann machte Rosalila dreimal einen Kreis mit dem Feenstern über Julian, damit der Zauber der alten Hexe gebrochen war. Knuddellieschen und Rosalila deckten die schlafenden Kinder richtig zu. Dann schlichen sie hinaus und flogen zurück in das Feen- und Hexenreich.

Am nächsten Morgen kam die Mama herein, um die Kinder zu wecken. Sie sorgte sich sehr um Julian. Doch der rieb sich kurz die Augen, reckte und streckte sich, dann schwups sprang er aus dem Bett, rannte zur Mama und sagte ihr: "Ich will von nun an immer lieb sein und nie wieder so laut schreien, denn sonst habe ich keine Stimme mehr." Die Hexen haben mich verhext und hatten mir meine Stimme genommen. Dann ist die Fee Rosalila gekommen und hat sie mir zurückgebracht. Seit dieser Zeit hat niemand mehr den kleinen Julian schreien hören. Nun leben sie alle glücklich und zufrieden in Darlingerode.

Stolze-  K.

Der Pechvogel

Glück hatte er noch nie im Leben.
Von dem "Großen" möchte er erst gar nicht reden.
Er wäre schon mit ein paar normalen Stunden zufrieden.
Einen Tag mal nicht auf der Nase liegen.
Oder mal nicht gegen den Türrahmen rennen.

Den Chef nicht beim falschen Namen nennen.
Mal nicht mit den neuen Schuhen treten in Hundekot.
Nicht mit dem weiblichen Geschlecht haben seine Not.
Norbert nennt sich dieser Unglücksrabe hier.
Verschüttet auch regelmäßig sein Bier.
Er hält sich für den größten Pechvogel der Welt.
Wird von allen Hunden nur angebellt.
Er möchte so nicht weiter machen,
Dass ständig alle über ihn lachen.
Möchte etwas Außergewöhnliches versuchen.
Geht deswegen einen Experten besuchen.
Der gibt ihm gute Ratschläge und Tipps.
Fast so, als hätte der Experte mit den Fingern geschnipst.
Plötzlich läuft alles rund.
Liegt nicht mehr auf Nase und Mund.
Die Hunde bellen ihn nicht mehr so häufig an.
Fühlt sich, wie ein normaler Mann.
Dies alles hat nichts mit Magie zu tun.
Das Geheimnis ist, in sich zu ruh`n.
Nicht so hektisch durch das Leben geh`n.
Mit offenen Augen auf die Straße seh`n.

Dann sieht man, dass andere auch treten in Hundehaufen.
Oder gegen eine Laterne laufen.
Über ihre eigenen Füße fallen,
und verzweifelt versuchen, sich festzukrallen.
Einen anderen mit zu Boden reißen,
sich dabei auf die Lippe beißen.
Dazu könnte man Pech nun sagen.
Ist aber kein Grund zu verzagen.
Einen trifft es mehr, den anderen nicht.
Wichtig ist die positive Sicht.

Gebhardt

Die Weberin

Ih, eine Spinne, sagte die Großmutter, als sie eine sah. Ih, eine Spinne, sagte die Mutter, als sie eine sah. Und – ih, eine Spinne, sagte die Tochter, als sie eine sah. Die Tochter war noch ein kleines Mädchen und fürchtete sich am meisten, wenn es im Bett lag und eine fette Spinne in der Zimmerecke ihr Netz webte. Sie rief nach ihrem Vater, er solle die Spinne töten. Der

Vater lächelte und kam mit einem leeren Senfglas und einem Stück Pappe in ihr Zimmer. Behutsam stülpte er das Glas über die Spinne und schob die Pappe zwischen Wand und Glas. Jetzt war die Spinne gefangen. Neugierig verfolgte das Mädchen, was der Vater tat und fragte ihn danach. Der Vater antwortete: „Ich trage die Spinne aus dem Haus und schenke ihr die Freiheit. Danach erzählte ich dir die Geschichte von Arachne". Das Mädchen freute sich auf eine neue Geschichte, denn der Vater hatte ihr schon sehr viele erzählt. Sie nahm alle begierig auf und häufte sie als Schätze in sich an. Arachne, begann der Vater, lebte vor vielen vielen Jahren. Sie war ein schönes, junges Mädchen und sehr geschickt im Weben. Ihre Arbeiten erweckten sogar den Neid der Göttinnen im Olymp, da sie schöner waren, als ihre eigenen. Eine der Göttinnen wurde so zornig darüber, dass sie Arachne in eine Spinne verwandelte und sie und alle ihre Nachkommen dazu verdammte, in menschlichen Behausungen zu leben und immer, wenn sie eine Arbeit vollendeten, sollten die Menschen diese zerreißen. Ja, sagte das Mädchen, so ist es ja bis heute und verstand, warum ihr Vater die Spinne aus dem Haus getragen hat. Seit dieser Zeit tat sie es dem Vater gleich, und wenn sie gemeinsam ein besonders schönes Spinnennetz zwischen den Sträuchern und Gräsern sahen, dachten sie an die schöne Weberin. Als das Mädchen eine Frau wurde und sie selbst eine Tochter hatte, erzählte sie ihr die Geschichte von Arachne weiter und diese wieder ihrer Tochter. Wie einst ihr Urgroßvater trägt sie ebenso die Spinnen aus dem Haus und sie flüstert mir ins Ohr: "Wir haben den Fluch der Göttinnen gebrochen". Sie nur Oma, wie schön das Spinnennetz zwischen den Gräsern im Morgentau mit hunderten kleinen Perlen funkelt und kein Mensch wird es zerreißen.

Paul

Der Wettlauf

Die Nachbarskinder Max und Günter geraten häufig in Streit darüber, wer schneller laufen kann. Für heute haben sie einen Wettlauf vereinbart. Hans und Felix stecken die Strecke ab, es soll dreimal ums Haus gelaufen werden. Am späten Nachmittag versammeln sich alle Kinder an der Start- und Zielgeraden. Evi neckt die Beiden und behauptet: „Ich laufe zehnmal schneller als ihr. Um was wollen wir wetten?" „Das schaffst du nicht!", geben die Jungen zur Antwort. Evi lässt nicht locker und sagt: „Ich setze meine Kinokarte für den Sieger ein. Los, ihr beiden, gebt eure Kinokarten bei Edeltraud ab. Der Gewinner erhält zwei Karten und der zweite eine Kinokarte." „Abgemacht!", sagen die beiden Jungen. Felix ist der Linienrichter und Hans gibt das Startzeichen. Hans bittet um Aufstellung, dann legt er die Hände an die Hosennaht. Nun hebt er die Hände langsam und sagt: „Auf die Plätze! Fertig! Los!" und klatscht die Hände über dem Kopf zusammen. Die Drei rennen den abgesteckten Parcours entlang, angefeuert von den restlichen Kindern die sich eingefunden hatten. Felix stellt fest: „Die erste Runde ein knapper Vorsprung für Günter vor Evi. Max ist bereits abgeschlagen." Die Läufer sind gerade wieder hinter dem Haus verschwunden, da kommt Opa Karl mit einem Tablett voll Limonade heraus und Leoni mit einem Teller voller Kuchen. Noch ehe jemand etwas sagen kann, rennt Evi Opa Karl einfach um und Günter prallt mit Leoni zusammen. Vor dem Haus ein schimpfendes Knäuel. Max läuft vorbei und ruft: „Sieger! Ich bin der Sieger!" Alle lachen und entscheiden den Wettkampf für unentschieden. Dann wird Opa Karl wieder auf die Beine gestellt. Er hat keine Verletzungen davongetragen. Schlimmer sieht es bei Leoni und Günter aus. Beide sind mit dem Kopf zusammen gestoßen und haben eine große Beule am Kopf. Nun erwartet jeder ein Donnerwetter von Opa Karl. Aber der zuckt nur mit den Schultern und sagt: "Limo und Kuchen sind hin." Wer möchte eine Leberwurstschnitte und Orangensaft aus dem Tetrapack? Alle sind erleichtert, räumen die Scherben wech und sitzen dann noch lange auf den Gartenbänken und erzählen vom Wettlauf

Paul

Wer vermag besser auszudrücken wie wertvoll Bücher sind, als Joseph Addison. Ich zitiere:

„Bücher sind die Vermächtnisse, die ein großes Genie der Menschheit hinterlässt, und die von Generationen zu

Genrerationen weitergegeben werden, als Geschenk an die Nachwelt der noch Ungeborenen."

Paul

Rettet unser Kulturgut!

Wer ist heute noch bereit, bei der Rettung von Büchern zu helfen?
Wir geben bedenkenlos für einen Kaffee und ein Stück Kuchen im Stehkaffee an der Ecke, FÜNF Euro aus.
 Ein Buch hingegen möchten wir für FÜNFZIG Cent kaufen, wenn überhaupt.
 Die Bücher der Großen dieser Welt wurden über Jahrhunderte gepflegt und heute achtlos in den Müll geworfen. Niemand braucht sie, keiner möchte sie haben.
Es gibt heute ja alles im Internet.
Die Folge, die Verständigung unter den Menschen leidet. Der Wortschatz der Menschen ist sehr eingeschränkt. Die Ergebnisse erleben wir in der Schule.
Aus der Erfahrung kann ich berichten, dass Personen von Kindesbeinen bis ins Alter

von ca. 30 Jahren kein Bücherantiquariat betreten und sehr wenig Bücher kaufen.

Mit jedem Buch das wir vernichten gehen Wissen und Erfahrung unwiederbringlich verloren. Ich möchte meinen Beitrag dazu leisten, wenigstens einen kleinen Teil dieses Wissens und damit dieser Bücher zu erhalten.

In meinem Bestand stehen ca 2 000 Bücher.

Eine Behörde oder Institution ist nicht bereit zu helfen. Aus diesem Grunde nun mein letzter Aufruf, die Bücher vor der Vernichtung zu bewahren.

Helfen Sie mit Spenden! Jeder kleine Betrag ist sehr willkommen.

Alle Spenden werden ausschließlich zum Erhalt der Bücher eingesetzt.

Ich danke allen, die bereit sind, für die Rettung von Kulturgut, Mittel einzusetzen. Rücksprachen sind in der Bücherstube „Hinter den Gärten 30" in 38871 Ilsenburg OT Darlingerode, Tel:.039436258046, möglich und können dort auch abgegeben werden.

Für das, was wir heute erhalten, werden die Generationen nach uns dankbar sein. Darum helfen sie mit, nur in Gemeinschaft lässt sich dieses Problem meistern. Danke!

Verfasser Unbekannt

Der Zug deines Lebens

Das Leben ist wie eine Zugfahrt, mit all den Haltestellen, Umwegen und Unglücken. Wir steigen ein, treffen unsere Eltern und denken, dass sie immer mit uns reisen. Doch an irgendeiner Haltestelle werden sie aussteigen und wir müssen unsere Reise ohne sie fortsetzen. Doch es werden viele Passagiere in den Zug steigen, unsere Geschwister, Cousins, Freunde, Bekannte, sogar die Liebe unseres Lebens. Viele werden aussteigen und eine große Leere hinterlassen. Bei anderen werden wir gar nicht merken, dass sie ausgestiegen sind. Es ist eine Reise voller Freuden, Leid, Begeisterung und Abschiede. Der Erfolg besteht darin:
-Zu jedem eine gute Beziehung zu haben.
-Das größte Rätsel ist:
-Wir wissen nie, an welcher Haltestelle wir aussteigen. Deshalb sollten wir Leben,

Lieben, Lachen, Verzeihen und immer auf uns achtgeben!
Wenn der Moment gekommen ist, wo wir aussteigen und unser Platz leer ist, sollten die schönen Momente und Gedanken an uns bleiben, für immer im Zug des Lebens weiter reisen!
Ich wünsche dir, dass deine Reise jeden Tag schöner und interessanter wird, du immer auf der Liebe aufbauen kannst, Gesundheit dein Begleiter ist. Erfolg und Geld dich menschlich bleiben lässt und du immer ein Lächeln im Gepäck hast.

Reinel

Im Wohnpark Darlingerode!

Hier im Wohnpark ist was los, denn die Bewohner sind famos.
Anna ist die Kleinste von uns allen,
doch tut sie Anderen gern einen Gefallen.
Dora ist schneller als die Post,
an ihrem Rollator gibt's keinen Rost.
Für Hanni ist die Zeitung wichtig,
alles andere ist ihr nichtig.
Gerlinde ging früher gern zum Tanz,
das vermisst sie heute ganz.

Frau Prasdorf ist müde und auch schlapp,
doch das Lachen kommt nicht zu knapp.
Frau Ledwig ist' ne tolle Frau,
alles weiß sie ganz genau.
Helmut ist ein kluger Mann,
der uns noch viel erzählen kann.
Frau Kulla war mal Lehrerin,
drum hat sie nur die Kinder im Sinn.
Frau Roth ist sehr gern allein,
schaut lieber in den Fernseher rein.
Frau Türke das ist große Klasse,
sitzt sehr gern auf der Terrasse.
Die Frau Zink kommt nur selten zu uns raus,
ist sie doch die Älteste im Haus.
Der Clemens ist ein toller Mann,
packt noch gern im Haushalt an.
Auch Helga Schwarz ist hier nicht allein,
wird immer unsere Gute sein.
Herr Slawik isst gern Marmelade,
doch keine Wurst, das ist sehr schade.
Auch Willi ist ein feiner Mann,
mit dem wir oftmals lachen dann.
Frau Miebs ist immer noch auf Trapp,
sie trocknet gerne morgens ab.
Die Gnoyke ist ne gute Fee,
sie strickt und stickt oftmals zum Tee.
Frau Weinberg ist eine ganz brave,
mit ihrem Stuhl kommt sie um jede Ecke.
Herr Schmidt, Herr Schmidt,

was bringt das Röschen mit.
Nenn Scherz für Jedermann,
damit man herzhaft lachen kann.
Herr Grossmann hat ein gutes Herz,
er streitet nie, das ist famos.
Das Lächeln von Herrn Sommerfeld,
ist mehr wert, als ein Sack voll Geld.
Werner baut an seiner Eisenbahn,
mit der wir in Gedanken dann zum Brocken fahrn.
Herr Heyse, er hat jede Veröffentlichung untersagt!
Unser Micha ist der Computermann,
er kriegt jeden Laptop wieder an.
Der Herrmann ist ein feiner Mann,
der aber niemals stille sitzen kann.
Die Maria kommt aus Tirol,
sie fühlt sich hier besonders wohl.
Mit Frau Singer können wir viel machen,
sie hat für jeden stets ein Lachen.
Die Waltraud hat nenn hübschen Mann,
auf den sie immer zählen kann.
Alfred fürchtet sich vor einem leeren Topf,
dafür hat er ne Menge in seinem Kopf.
Herr Heute, das ist der wichtigste Mann,
da er so gut Gitarre spielen kann.
Wir alle sind hier froh und heiter,
wünschen uns, es geht so weiter.
Hier ist es schön, hier ist es fein.
Wir hoffen es wird immer so sein!

Krause

Abenteuer auf dem Spielplatz

Paul und Lisa sind Freunde. Heute wollen sie sich auf dem Spielplatz treffen. Paul ist der erste. Er steigt sofort auf den Turm der Kletterburg. Von dort aus hat er einen guten Überblick auf die Umgebung. Da sieht er auch schon Lisa, die geradewegs auf ihn zukommt. Sie schaut nach
rechts und links, lässt ihren Blick über den Spielplatz schweifen. Sie hält Ausschau nach Paul. Der hatte soeben überlegt, ob er sich abducken sollte. Aber da hat ihn Lisa erblickt und begrüßt ihn lautstark. „Hallo Paul, bist du schon lange hier?" „Hallo Lisa, nein ich bin erst seit einigen Minuten hier." Lisa fragt: "Wollen wir heute schaukeln bis in die Wolken?" „Oh ja, ich komme runter." In der Zwischenzeit sind viele Kinder auf dem Spielplatz angekommen, die sich alle austoben wollen. Die beiden Schaukeln sind frei, so, als hätten sie auf Paul und Lisa gewartet. Beide schauen sich an und schon rennen

sie los. Paul ist der schnellere und ruft „Erster" Dann kommt Lisa ebenfalls bei der Schaukel an. Mit einem Schwups geht es auf die Schaukeln. Dann los ruft Paul. Lisa ergänzt: "Wer ist als erster oben in der Luft." Beide holen Schwung und höher und höher geht es hinauf. „Ich will bis in den Himmel schaukeln" ruft Paul. „Gleich bin ich auf der Wolke dort oben" meint Lisa. Wolken ich komme und schwups landet Lisa auf der Wolke. „ Warte auf mich!" ruft Paul und holt nochmal Schwung. Tja und dann, ja dann sitzt Paul neben Lisa auf der Wolke. Sie trauen ihren Augen nicht, drehen und wenden ihre Körper hin und her, tasten den Boden unter ihnen ab. Es ist weich, der Po, die Hände und die Füße sinken leicht ein, so als säßen sie im Schnee, aber es ist angenehm warm. Sie stehen auf und staunen über das riesige Wolkenmeer. Dann hören sie Stimmen. Geradewegs als würde jemand singen. „Woher kommt das?" fragt Lisa. Paul ist neugierig, "komm das finden wir heraus." Schon geht es los. Nach einigen Schritten bleibt Paul stehen. „ Schau Lisa, dort, wer ist das?" „Das sind Wolkenfeen!". „Wolkenfeen?" fragt Paul. „Woher weißt du das. Ich weiß es einfach" Die Feen sind in weiße glitzernde Kleider und Umhänge gehüllt. Sie tanzen auf den Wolken. Eine Wolkenfee singt. Das Lied geht unter die Haut. Noch ehe die Beiden sich versehen, sind die Wolkenfeen bei ihnen und haben die Kinder in ihre Mitte genommen. Die Musik begeistert sie und schon tanzen sie mit dem Wolkenfeen. Sie fühlen sich so leicht im Kreise der Feen. Sie singen und tanzen gemeinsam. Die Zeit vergeht wie im Fluge. Lisa braucht eine Pause und lässt sich in die Wolken fallen. Es ist wie in einem Himmelbett. Paul legt sich zu ihr. Da wird es still, die Musik verstummt und die Wolkenfeen lösen sich auf. Der aufkommende Wind hat alles zerstört. Er jagt die Wolken über den Himmel, so dass sie aneinander stoßen. Lisa hält sich an Paul fest, sie verspürt Angst. Die Wolken kommen so schnell auf die Beiden zu. Aus weißen Wolken werden dunkle, graue Wolken. Es wird immer kälter und dunkler. Die ersten Regentropfen fallen. Dann gießt s wie aus Eimern. Sofort sind die Beiden pitschnass geworden auf ihren Schaukeln. In ihrer Fantasie haben sie eine Wolkenreise unternommen und sind Wolkenfeen begegnet. Der Regen hat sie zurückgebracht in die Realität. Nun sind sie nass und müssen nach Hause gehen. Dort erzählen sie von ihrer Wolkenreise.

Paul

Die kleine Birke

Zu einem achtzigsten Geburtstag saßen die Gäste des Geburtstagskindes in lustiger Runde vor dem Haus sechs, der Seniorenwohnanlage in Darlingerode. Im Wohnzimmerfenster des Jubilars, stand ein Blumentopf mit einem kleinen Pflänzchen namens Birke. Der Höhepunkt der Feier war gekommen und um dem Geburtstagskind eine besondere Freude zu bringen, wurde beschlossen, diesen Baum unmittelbar vor der Terrasse in die Grundstücksbepflanzung zu integrieren. Gesagt, getan. Werkzeug wurde geholt und ein Pflanzloch gegraben. Zwei Auserwählte der Runde pflanzten feierlich mit entsprechender Rede, die ich hier nicht wiedergeben möchte, das Bäumchen. Dann ging die gesamte Geburtstagsgesellschaft die Beine vertreten. Nur Bärbel verspürte nach kurzem Weg das Bedürfnis umkehren zu müssen, da ihr das Laufen sehr schwer fiel. Zum Ort des Geschehens zurückgekehrt ging Bärbel direkt zur Abstellkammer und holte die Sprayflasche mit dem goldenen Weihnachtsspray hervor. Dann sprühte sie jedes einzelne Blatt der Birke golden ein. Das Bäumchen ist sicher sehr stolz gewesen auf diese Verwandlung und nahm sich vor, noch viel schneller zu wachsen. Die Geburtstagsgesellschaft kam zurück und jeder setzte sich auf seinen angestammten Platz. Nach einiger Zeit jedoch, wiegte der Erste seinen Kopf und schaute aufmerksam zur kleinen Birke. Dann sprach er: "Die Sonne steht bereits so tief, dass die Blätter der kleinen Birke golden erstrahlen." Schon war der erste Gast unterwegs zur Birke und riss dieser einige Blätter ab, um sie in der Gesellschaft herumzureichen. Nun sahen alle, dass das Bäumchen in wertvollem Gold funkelte. Dann wurde der Birke gleich noch eine Vielzahl von Blättern geraubt, um dem Jubilar das Trinkglas zu umlegen als Dekoration. Das gefiel dem kleinen Baum überhaupt nicht und er schüttelte sich, um sich zu wehren. Am späten Abend besaß das Bäumchen nur noch wenige Blätter und sein Stolz auf das goldene Kleid war verschwunden. Das Bäumchen wünschte sich so sehr sein grünes Blätterkleid zurück. In der Folgezeit kamen immer mehr Besucher und wollten unbedingt ein goldenes Blatt vom Baum besitzen. Nach einigen Tagen war der Baum kahl, wie im Spätherbst. Warum musste ich auch unbedingt goldene Blätter haben? Nun bringt mir dies Verlangen den sicheren Tod. Doch der Besitzer der kleinen Birke sprach täglich mit ihr, hegte und pflegte sie und gab ihr eine Extraportion Dünger. Eines Tages, als die Sonne wieder schien, zeigten sich an den Zweigen der kleinen Birke die ersten grünen Blätter. Der Wind schaukelte das Bäumchen nun wieder wie jedes andere auch.

Stolze-K

Haben se schon jehört?

Aus dem Fenster schaut Frau Braune,
hat an diesem Tage gute Laune.
Beobachtet die Natur im Sonnenschein.
Denkt sich, schöner kann`s nich` sein.
Doch Frau Müller aus dem Nachbarhaus,
tritt ganz aufgeregt auf den Hof hinaus.

Entdeckt Frau Braune aus dem Fenster sehend
und hebt ihre Arme flehend.
"Frau Braune, Frau Braune! Haben se schon jehört?
De Frau Beier hat sich über`n Herrn Graf beschwert.
Se hat jeseh`n, wie der de Frau Neuer anjegrapscht hat.
Na, da is ma ja platt.
Hätt` ich ja nich von dem jedacht,
dass der sowas macht."
Frau Kühne aus dem zweiten Stock,
eilt gleich zu ihrer Nachbarin Frau Bock.
Hatte die laute Stimme der Frau Müller vernommen
und nur einen Teil des Gespräch`s mitbekommen.
Die Kühne und Bock wollen es genauer erfahr`n.
Treffen unterwegs noch den Herrn Bahn.
Die Neugierde ist in ihm geweckt.
Möchte er doch wissen, was dahinter steckt.
Im Hof sprechen sie die Müller an.
Die erzählt die Story mit allem drum und dran.
Die Kühne spricht: "Das is` ja empörend.
Der Bahn entgegnet etwas verstörend:

"Sind se sich sicher? Das is` ja nich` zu glaub`n.
Wie kann der Typ sich das erlaub`n?!"
Aus dem Eingang Nummer drei,
eilt jetzt die Beier schnell herbei.
Erzählt als Zeugin, was sie gesehen hat.
Nimmt vor dem Mund kein Blatt.
"Dieser Lüstling, man glaubt es kaum,
hat seine Hände nich` im Zaum.
Hat von hint`n der Neuer an de Hüft`n jefasst.
Und der hat`s anscheinend noch jepasst?!
Anjelächelt hat se ihn.
Sagen `se mal, wo führt das hin?"
Die Kühne, nun in ihrem Element,
verteidigt den Herrn Graf vehement.
"Die Neuer zieht sich ja so aufreizend an.
Und der Graf is` auch nur `n Mann.
Die Neuer hatte bestimmt schon `ne Menge Männer.
Glaub`n se mir, ich bin `n Menschenkenner."
Jeder gibt seinen Senf dazu.
Doch plötzlich geben alle Ruh`.
Den Hof betritt nun die Frau Neuer.
Denkt sich, bin ich `n Unjeheuer?
Alle schau`n se mich so seltsam an.`

Grüßt die Gruppe und spricht sodann:
"Is` was nich` in Ordnung mit mir?"

Der Bahn kennt als einziger keine Zier.
"Wir hört`n, der Herr Graf soll sie anjegrapscht hab`n.
Woll`n se denn dazu och was sag`n?"
Frau Neuer schaut verdutzt und lacht:
"Wer hat`n das Jerücht in Umlauf jebracht?"
Alle schauen auf die Beier.
Sie erklärt sich der Frau Neuer:
"Jestern Vormittag auf `de Treppe zum Keller runter,
war`n se janz schön munter.
Der Herr Graf hat se doch von hint`n an de Hüft`n jefasst?!
Jeder anständ`jen Frau hätte das nich jepasst."
Frau Neuer lächelt in sich hinein, hält es jedoch für wichtig,
stellt die Tatsachen jetzt mal richtig.
"Eines möcht` ich mal klarstell`n hier.
Jeder soll sein Dreck kehr`n vor de eijene Tür.
Off e klitschnass jewischte Treppe hätt ich mich fast langjelecht,
hätt sich der Herr Graf nich so schnell bewecht.
Vor`m Sturz hat er mich jerettet, der jute Mann.
Mit`n Lächeln konnt ich ihm dank`n dann."

Die Beier schaut ganz bedrückt und entschuldigt sich:
"Normalerweise arbeite ich nich so liederlich.
Bin vom trockenwisch`n wohl abjekomm`n.
Hatte drauß`n schnell noch de Wäsche abjenomm`n.

Als ich in`n Hausflur jekomm`n bin, um in de Wohnung zu jeh`n,
hab` ich se beide so jeseh`n."
Frau Neuer lächelt und spricht zu den Nachbarn:
"Ich kann se alle nur warn`n.
Solche Jerüchte sind schnell verbreitet
und werd`n janz häufig ausjeweitet.
Is für alle Beteiligten nich der Hammer.
Aber hinterher is groß der Jammer."
Alle schauen sich betreten an und sehen klar,
Die Worte die sie sprach, wie war.

Paul

Geburtstagsgrüße-Liebesgeständnis
Lieber Schatz,

herzlichen Glückwunsch zum Geburtstag!
Eigentlich sollten es nur einige Zeilen werden. Doch deine Frage: "Was ist so besonderes an mir?" geht mir nicht aus dem Kopf. Es ist dein glasklarer Verstand, der dafür sorgt, dass 1+1 = 2 ist. Du entscheidest alles mit reiner Logik. Das hat dich in betrieblichen Dingen vorangebracht. Du fühlst dich bestätigt, gebraucht und das gibt dir ein Gefühl der Zufriedenheit. Du kümmerst dich um Gott und alle Welt. Um deine Nachbarn, um deine Freunde denn das bringt dir Zufriedenheit. Freunde sind sehr wichtig und richtig, doch ohne deine Organisation wäre von allem nur die Hälfte. Du bist ein rastloser Mensch. Dies alles ist nur möglich auf Grund deiner scharfen Logik im Kopf. Du bist, so glaube ich, ein wahrhaft zufriedener Mensch und könntest es auch bleiben bis ans Ende deiner Tage.
Ich persönlich habe Jahrzehnte gebraucht um zu erkennen, dass das nicht alles im Leben ist, es gibt noch viel mehr.
Ich möchte dir heute ein kleines, sehr zerbrechliches Pflänzchen anvertrauen. Es braucht keinen Dünger und kein Wasser. Es braucht einen guten Gärtner der versteht, damit umzugehen. Nenne das

Pflänzchen F.... oder L....... Wenn es dir gelingt das Pflänzchen zu behüten und gedeihen zu lassen, wird es dir eine völlig neue Sicht zu vielen Dingen bescheren. Du wirst feststellen, dass 10-8 auch 2 ist. Dies wird noch blockiert durch unbekannte Ereignisse der Vergangenheit. Wenn du wieder bereit bist auf andere zuzugehen, wird auch das Pflänzchen weiter wachsen. Du wirst dich dann selbst ertappen, wie du Entscheidungen mit dem Bauch triffst und nicht mit dem Verstand. Das Pflänzchen braucht weder Gut noch Geld. Es braucht Streicheleinheiten, Berührungen, einen lieben Blick und Vertrauen. Das Pflänzchen nimmt dir ein unüberlegtes Wort nicht krumm, wenn du bereit bist, den Anderen ohne Vorurteile sprechen zu lassen. Reden miteinander ist für beide Medizin – Medizin für die Seele.
Nun wächst das Pflänzchen heran zur Pflanze. Zufriedenheit und Glück sind zwei Bäume im Wind, die sich gegenseitig befruchten. Glück ist etwas, das kann man nicht kaufen, - nicht für alles Geld dieser Welt. Dabei ist Glück mit logischem Verstand betrachtet nichts weiter, als das die positiven Empfindungen mehr oder stärker sind als die negativen Empfindungen. Aber so darfst du es nicht

betrachten, denn dann bist du wieder bei 1+1=2
- so zu denken macht die Pflanze krank
- Glück hingegen ist ein Gefühl, das aus dem Bauch kommt, es lässt sich nicht erzwingen, es muss hingegen gehegt und gepflegt werden, gerade so wie deine Blumen. Aber auch die schönsten Blumen sind kein Ersatz dafür. So wie man sich Zeit für die Blümchen nimmt, so muss man sich sehr viel mehr Zeit nehmen für das Glück. Gepflegte Blumen tragen Blüten und Früchte. Gepflegtes Glück beflügelt die Seele und macht sie gesund!
Was hast du zu verlieren? –Nichts!
Was hast du zu gewinnen? –Alles – die Welt gehört dir!
Hab' keine Angst vor der Zeit – niemand weiß wieviel ihm davon noch verbleibt.
Genieße die Zeit – sei glücklich!

Liebe Grüße von deinem Schatz

PS. Warte nicht auf morgen, denn dann kann es zu spät sein! Lass das kleine Pflänzchen zur schönsten Blume werden. Allein du hast es in der Hand.

Paul

Es gibt einen Mann, der wie kein anderer Rasierklingen schart, die Begriffe Klarheit und Wahrheit definiert hat. Ich zitiere:

„ Hermann Hesse - Klarheit und Wahrheit"

Klarheit und Wahrheit sind Worte, die man sehr oft nebeneinander nennen hört. Beinah so, als bedeuten sie ungefähr das gleiche. Und doch bezeichnen sie so ganz verschiedene Dinge! Selten, sehr selten ist die Wahrheit klar, noch seltener ist die Klarheit wahr! Wahrheit ist fast immer kompliziert, dunkel und vieldeutig – jedes Wort, besonders das „klare" Wort, tut ihr schon Gewalt an. „Klarheit" ist immer Gewalt, ist gewaltsamer Versuch, das Vielfache zu vereinfachen, das Natürliche als verständlich, ja als verständig erscheinen zu lassen. Klarheit ist die Tugend der Sentenzen. Sentenzen sind hübsch, sind wertvoll, sie sind erzieherisch, geistvoll, aufschlussreich – nur wahr sind sie nie. Denn von jeder Sentenz ist auch das Gegenteil wahr."

Stolze-K

Die alte Johanna

„Da ist sie wieder.", sagte Michael zu seiner Clique. Sie hockten alle auf einer Bank gegenüber vom Friedhof. Sarah schauderte und sagte: „Die ist echt unheimlich." Tom hob seine Arme und wankte auf Sarah zu. „Huh! Irgendwann wird sie dich holen.", fügte er mit verstellter Stimme hinzu. Sarah wich zurück und versteckte sich hinter Claudia, ihrer besten Freundin, und sagte: „Du bist blöd." Emelie er schauderte: „Was die da bloß jeden Tag macht?" Michael antwortete: „Vielleicht hat sie reichlich Verwandte dort liegen. Eventuell hat sie nachgeholfen, dass sie dort landen." Er lachte über seinen makaberen Scherz. Nils fiel in sein Lachen mit ein. „Ihr seid unmöglich.", sagte Emelie. „Und witzig ist das auch nicht.", unterstützte Claudia sie. Schweigend beobachteten sie die alte Frau, wie sie durch das Tor schritt. Jeden Tag ging sie auf das Friedhofsgelände und kam erst ein paar Stunden später wieder heraus. Manchmal hatte sie auch Blumen dabei. Das alles konnte die Clique jeden Tag sehen. Als es spät geworden war,

verabschiedeten sich die Freunde und gingen oder fuhren nach Hause.
Als Emelie am Abend mit ihrer Familie zusammen aß, fragte sie ihre Eltern: „Sagt mal, kennt ihr die alte Frau die jeden Tag auf den Friedhof geht?" Ihre jüngere Schwester Nora antwortete: „Die ist bestimmt `ne Hexe. Kein normaler Mensch geht doch freiwillig den halben Tag auf den Friedhof." Ihr Vater wies sie zurecht: „Solche Äußerungen möchte ich nicht von meinen Töchtern in Umlauf gebracht haben. Wie die Frau ihren Tag verbringt, geht niemanden etwas an." Ihre Mutter stieg in die Diskussion mit ein: „Die alte Frau hat außerdem einen Namen." Emelie und ihre Schwester wurden hellhörig. „Wirklich?", fragte Nora. „Natürlich. Jeder hat einen Namen. Johanna Baumann oder Bauermeister. Irgendwie so ähnlich. Viele kennen sie nur als die alte Johanna", erwiderte ihre Mutter. Emelie und ihre Schwester sahen sich an und hoben die Augenbrauen, wie sie es immer taten, wenn sie sich wunderten.
Am nächsten Tag erzählte Emelie ihren Freunden, dass sie den Namen der alten Frau kannte. „Und? Willst du ihn uns auch verraten oder ist der streng geheim?" fragte Michael. Sie sah ihn an und lächelte.

„Na komm schon, Emelie. Spann` uns nicht so auf die Folter", sagte Sarah voller Anspannung. „O.K., weil ihr es seid. Ihr Name ist Johanna." Michael und Nils machten ein: „Uhh!", als wäre es eine große Sensation. Claudia fragte: „Nur Johanna?" „Nein. Aber meine Mutter konnte sich nicht mehr richtig an den Nachnamen erinnern. Sie sagte, dass alle sie nur die alte Johanna nennen." Michael erwähnte gleich: „Alt ist schon mal richtig. Die kann sich ja bald dazu legen." Nils prustete gleich los und auch Claudia, Tom und Sarah mussten lachen. Nur Emelie fand das nicht so lustig. Ihre Eltern legten großen Wert auf Respekt, den jüngere zu älteren Menschen haben sollten. Tom stupste Emelie an: „Ach komm schon. Ein bisschen witzig war es schon." Sie lächelte ihn an, weil sie ihm nicht die Stimmung verderben wollte und heimlich verliebt in ihn war. Dann schauten alle in Richtung Friedhof, denn die alte Johanna war eben aus dem Friedhof getreten. Und wie jedes Mal lächelte sie. Nils rief plötzlich zur Überraschung aller: „Hey! Alte Johanna." Sie starrte erschrocken die Gruppe an. Dann ging sie, so schnell sie konnte, weiter. Emelie sah Nils böse an und fragte: „Bist du bescheuert?" Er antwortete:

„Wieso denn nicht?! Ist doch ihr Name."
„Johanna ist ihr Name. Nicht „Alte Johanna". Denkst du, sie war schon immer alt?! Und denkst du vielleicht, dass du für immer jung bleibst?!", redete sich Emelie in Rage. Sarah versuchte Emelie zu beruhigen: „Er hat es sicher nicht so gemeint. Außerdem hast du uns selbst gesagt, dass sie von allen so genannt wird." Emelie funkelte Sarah wütend an: „Ich sagte aber nicht, dass sie von allen quer über die Straße so angesprochen wird." Sie stand auf und ging ohne ein weiteres Wort nach Hause.
Als Emelie wütend die Haustür zuschmiss, kam ihre Mutter aus der Küche und fragte was los sei. „Ach nichts. Ich habe nur den Fehler begangen, meinen Freunden von der alten Johanna zu erzählen. Und Nils hatte die tolle Idee, sie so über die Straße anzusprechen. Mama, du hättest ihr Gesicht sehen sollen. Sie war so erschrocken, vielleicht auch verletzt. Ich weiß es nicht." Ihre Mutter zog sie in ihre Arme und drückte sie ganz fest. „Mama! Die Luft wird knapp", presste Emelie heraus. Ihre Mutter ließ sie wieder los und schaute sie an: „Wir haben dich gut erzogen." Emelie war verwirrt: „Was? Wieso denn? Ich habe ja meinen Freunden

den Namen erst verraten. Hätte ich nichts gesagt, wäre es dazu gar nicht erst gekommen." „Das ist richtig. Aber wenn du nicht so erzogen wärst, wie du es bist, hätten dich die Gefühle dieser alten Frau nicht interessiert. Und du würdest jetzt noch bei deinen Freunden sein", erklärte ihre Mutter. Emelie schaute sie traurig an: „Ich hoffe, dass ich morgen noch Freunde habe. Ich habe sie angeblafft und bin dann abgehauen." Ihre Mutter ermunterte sie: „Wenn es richtige Freunde sind, dann akzeptieren sie dich, so wie du bist. Auch wenn ihr verschiedener Meinung seid. Streitereien gehören dazu. Man muss sich hinterher nur wieder versöhnen. Das heißt, miteinander reden. Nicht einfach wegrennen." „O.k.! Aber heute nicht mehr.", sagte Emelie. Ihre Mutter nahm sie nochmal in die Arme und ging dann in die Küche zurück und Emelie in ihr Zimmer.
Am nächsten Tag ging sie mit gemischten Gefühlen zu ihren Freunden. Sie schaute sie an und brachte nur ein kurzes „Hey!" heraus. Nils sagte: „Hey Emelie! Wegen gestern. Ich habe wirklich nicht nachgedacht. Irgendwie schien es eine lustige Idee zu sein. Aber nach deinem Ausflipper. Also ich weiß nicht, was ich noch sagen soll." „Ist schon gut. Ich hab`

mich da auch ganz schön rein gesteigert.", erwiderte Emelie lächelnd. Michael sagte in seiner liebenswürdigen Art: „Können wir uns jetzt wieder normal unterhalten. Der Schleim tropft mir meine ganze Jacke voll." „Du bist so einfühlsam, wie ein Betonklotz", entfuhr es Claudia. Und schon war das typische Gerangel und Necken wieder an der Tagesordnung. Emelie war aufgefallen, dass die alte Johanna noch nicht, wie üblich, aus dem Friedhof raus gekommen war. Wenig später verabschiedeten sich die Freunde. Tom sprach Emelie an: „Gehst du nicht nach Hause?" „Ja gleich", antwortete sie. „Gut. Dann bis morgen.", sagte Tom mit einem Augenzwinkern. Amelies Herz raste. Jetzt wusste sie, dass es endgültig um sie geschehen war.
Nach einer Weile schritt sie durch das Friedhofstor und hielt Ausschau nach der alten Johanna. Emelie hatte gesehen, dass sie hinein gegangen war. Nach einiger Zeit entdeckte Emelie die alte Johanna vor einem Grab. Sie ging auf sie zu. „Hallo!", sagte Emelie vorsichtig. Trotzdem zuckte die alte Frau heftig zusammen. „Oh, Verzeihung. Ich wollte Sie nicht erschrecken.", entschuldigte sich Emelie sofort. Die alte Johanna schaute sie mit

großen Augen an. Emelie dachte, so `n Mist. Sie hat mich wieder erkannt.` Deswegen sagte sie schnell: „Ähm. Ich weiß nicht, ob Sie mich kennen. Aber ich wollte mich für meinen Freund entschuldigen, der gestern eine wirklich unpassende Bemerkung gemacht hat." Die alte Frau lächelte jetzt Emelie an und erwiderte: „Das wäre nicht nötig gewesen. Es ist trotzdem sehr nett von dir. Ich glaube, mein Vorname ist dir schon bekannt. Ich weiß zwar nicht woher, aber deinen Namen kenne ich noch nicht." „Emelie", stellte sie sich vor. „Emelie Köhler", vervollständigte sie. Die alte Johanna reichte ihr ihre Hand: „Hallo Emelie. Ich bin Johanna Baumer." Emelie ergriff ihre Hand und lächelte. Emelie schaute verunsichert, weil sie nicht wusste, wie sie die nächste Frage stellen sollte. Der alten Johanna entging dies nicht. „Na, was liegt dir auf der Zunge? Immer heraus damit." Emelie fragte sie: „Haben sie viele Verwandte hier liegen?" Die alte Johanna antwortete nur: „Nein!" Jetzt war Emelie verwirrt. „Nein? Aber Sie sind jeden Tag so viele Stunden hier. Ich dachte, wir dachten...", mehr brachte sie nicht mehr heraus. Die alte Johanna lächelte und sagte: „Ich bin jeden Tag so viele Stunden hier, weil ich mich um

Gräber kümmere, die anscheinend von den Lebenden vergessen wurden." Emelie blieb der Mund offen stehen. Die alte Johanna erzählte weiter: „Mein Mann und meine Tochter liegen hier. Die beiden sind bei einem Unfall vor vielen Jahren gestorben. Ich war sehr lange traurig. Bis ich eines Tages, durch Zufall, auf ein Gedicht meiner Tochter gestoßen bin. Es ist in einer Schatulle, in dem sie alles aufbewahrt hat, was ihr lieb und teuer war. `Gegen das Vergessen´ heißt es. Ich habe es erst ein knappes Jahr nach ihrem Tod entdeckt. Vorher konnte ich ihr Zimmer einfach nicht betreten." Sie wischte sich eine Träne aus dem Auge und lächelte Emelie an: „Wenn du möchtest, kann ich es dir mal zeigen." Emelie kamen die Tränen und entschuldigte sich: „Ich wollte wirklich keine alten Wunden aufreißen." „Das ist in Ordnung. Gegen das Vergessen ist eine Träne doch nichts. Und hier sind viele, die vergessen wurden." Emelie lächelte jetzt und fragte: „Ist das eines der Gräber?" und zeigte auf das vor ihnen liegende Grab. „Ja. Hier bin ich heute fertig. Aber ich wollte noch zum alten Alfred." Emelie schaute sie mit großen Augen an. Die alte Johanna starrte sie an: „Was ist? Alle, die hier liegen haben Namen. Warum sollte ich sie also nicht mit ihnen ansprechen." Emelie wurde etwas mulmig. Jemand, der von den Toten redet, als wären sie noch lebendig. Aber sie folgte der alten Johanna. Sie kamen an ein Grab auf dem „Alfred Loose" stand. „Hallo Alfred!" begrüßte Johanna das Grab. „Heute habe ich dir Besuch mitgebracht." Emelie dachte, es war wohl keine so gute Idee mitzugehen`. Sie schaute sich unsicher um. Die alte Johanna bemerkte Emelie`s Unruhe. „Keine Sorge. Ich weiß, dass ich hier mit einem Grabstein spreche." Sie lächelte Emelie an und sie lächelte zurück. „Hältst du mal bitte die Tüte hier", forderte die alte Johanna sie auf. Emelie nahm die Tüte und hielt sie auf, sodass Johanna das gezupfte Unkraut hineinwerfen konnte. „So, das war`s schon. Auf Wiedersehen Alfred!" sagte die alte Johanna zum Abschluss. Sie nahm Emelie die Tüte ab und sie gingen gemeinsam in Richtung Ausgang. Emelie fragte die alte Johanna: „Wie viele Gräber pflegen Sie hier insgesamt?" „Oh! Lass` mich mal überlegen. Es dürften inzwischen fast fünfzig sein", antwortete die alte Johanna während sie die Tüte in einem Biobehälter entleerte. „Und das machen Sie alles, ohne dafür Geld zu bekommen?" fragte Emelie erstaunt. Die alte Johanna lachte: „Ja. Wer sollte mich auch bezahlen? Ich mache das ja freiwillig." „Und wieso?", stellte Emelie erneut eine Frage. Die alte Johanna lächelte sie wiederum an: „Ja, weißt du, erstmals hält es mich fit und ich habe eine sinnvolle Beschäftigung. Zu Hause würde ich mich nur langweilen. Dann ist da noch die frische Luft. Und zu guter Letzt, natürlich gegen das Vergessen." Sie schaute Emelie an und reichte ihr die Hand: „Auf Wiedersehen, Emelie!" Emelie ergriff ihre Hand: „Auf Wiedersehen, Frau Baumer!" „Oh, bitte Johanna. Frau Baumer klingt so alt." Emelie schaute sie an und sah das schelmische Grinsen. Da musste Emelie laut loslachen und Johanna lachte mit. Als sie sich verabschiedeten, war es schon recht dunkel.

Als Emelie nach Hause kam, wartete schon ihre Mutter im Flur auf sie. Ihr zorniges Gesicht verhieß nichts Gutes. „Wo kommst du jetzt erst her? Weißt du überhaupt wie spät es ist?", polterte ihre Mutter los. „Entschuldigung!", mehr brachte Emelie nicht raus. Damit gab sich ihre Mutter nicht zufrieden. „Ist das alles, was du zu sagen hast? Kannst du dir annähernd vorstellen, was für Sorgen ich mir gemacht habe? Wieso warst du nicht über dein

Handy zu erreichen?" Emelie zog es aus ihrer Jackentasche. „Oh! Ich habe gar nicht bemerkt, dass es ausgegangen ist. Der Akku muss leer sein", sagte sie etwas kleinlaut. „Dann rate ich dir, es schleunigst aufzuladen. Dein Essen steht in der Küche. Es ist jetzt natürlich kalt", wetterte ihre Mutter weiter und fügte noch hinzu: „Morgen kommst du nach der Schule sofort nach Hause. Ich möchte die Küche aufräumen und gründlich saubermachen. Und du wirst mir dabei helfen." Sie drehte sich um und verschwand im Wohnzimmer. Emelie war der Appetit eigentlich vergangen. Aber sie wollte ihre Mutter nicht noch mehr verärgern und aß das kalte Essen. Sie ging danach sofort in ihr Zimmer, stöpselte gleich ihr Handy ein, legte sich auf ihr Bett und hörte leise Musik. Es klopfte. „Ja.", antwortete Emelie. Nora steckte den Kopf durch den Türspalt. „Geht`s wieder?", fragte sie. „Ja", brachte Emelie nur raus. Ihre Schwester schlüpfte ins Zimmer und setzte sich auf das Bett. „Wo warst du denn so lange?", fragte sie. Emelie setzte sich auf und erzählte, wo sie gewesen war. Nora hörte zu und sagte dann: „Wirklich?! Dann ist sie also keine Hexe? So ein Mist. Ich hätte es wetten können." Emelie schaute sie entgeistert an. Nora sah diesen Gesichtsausdruck und lachte. „Was denn? Ich stehe nun mal auf sowas. Das weißt du doch", rechtfertigte sie sich. Emelie grinste sie an und sagte: „Also du brauchst unbedingt professionelle Hilfe." Nora erhob sich und sagte im rausgehen: „Zu spät. Mir ist nicht mehr zu helfen.", dann fügte sie noch in einem tiefen, rauen Ton hinzu: „Dann werde ich mal in meine Gruft gehen und widme mich wieder meinen Experimenten." Mit einem grusligen Lachen verschwand sie. Emelie lachte herzhaft über diese Vorstellung. Ihre Schwester war schon einmalig. Und sie stand auf alles, was mit Hexen, Werwölfen und Vampiren zu tun hatte.

Am nächsten Tag sagte Emelie ihren Freunden ab und half ihrer Mutter in der Küche. Dabei erzählte sie von Johanna. „Das ist ja traurig. Die Vorstellung, dass euch etwas passieren würde...", ihre Mutter schüttelte sich, „...oder ihr nicht mehr da wärt." Sie nahm ihre Tochter in die Arme und drückte sie fest an sich. Emelie musste ihre Mutter wieder daran erinnern, dass sie keine Luft mehr bekam.

Am darauf folgenden Tag saß sie wieder mit ihren Freunden auf der Bank und musste sich die Sticheleien der Anderen

anhören, dass sie einen Tag Stubenarrest bekommen hatte. Sie hatte ihnen gesagt, warum sie zu spät nach Hause gekommen war. Und ihre Freunde hatten interessiert zugehört. Dann kam Johanna und ging ihren gewohnten Weg zum Friedhof. Diesmal hatte sie einen großen Blumenstrauß dabei. Emelie sagte zu ihren Freunden: „Bin gleich wieder da." Dann ging sie zu Johanna. „Hallo! Kann ich dir helfen?", fragte sie. Johanna sah sie erst überrascht an und lächelte dann: „Ah! Emelie. Ja, wenn du möchtest. Die beiden Sträuße sind wirklich ein bisschen schwer." Emelie nahm ihr einen Strauß ab. „Für wen sind die?", fragte Emelie, obwohl sie es sich schon fast denken konnte. Johanna bestätigte ihre Annahme: „Die sind für meine beiden Lieben." Dann gingen sie schweigend zu einem Doppelgrab. Emelie las die Inschrift und ihr wurde ein wenig schlecht.
Hier ruhen
Wilfried und Rebecca Baumer

* 28.01.1951   *19.09.1977

11.10.1994
Gegen das Vergessen!

„Hallo, meine Lieben!", begrüßte Johanna das Grab. Nachdem sie mit der Grabpflege fertig war, ging sie mit Emelie wieder zum Ausgang. Auf dem Weg dorthin fragte Johanna: „Du bist so still. Dir liegt doch etwas auf der Seele." Emelie blieb stehen und sagte: „Deine Tochter war nur ein wenig älter als ich. Darf ich..., ich meine, kann ich dich fragen..." Mehr brachte sie nicht raus. Johanna vollendete die Frage: „...wie sie gestorben sind?" Emelie nickte nur. Johanna begann zu erzählen: „Nun ja, dass es ein Unfall war, weißt du ja bereits. Ein Autounfall um genauer zu sein. Da hatte es einer ganz besonders eilig. Er hat in einer Kurve überholt. Mein Mann hatte keine Chance auszuweichen. Sie waren gerade vom wandern im Wald zurückgekehrt. Ein gemeinsames Hobby der beiden. Mir hat das nie so zugesagt, deswegen bin ich nicht mitgefahren. Der andere war so schnell, dass sie frontal zusammengestoßen sind. Sie waren, so makaber es klingen mag, zum Glück gleich tot. So mussten die beiden wenigstens nicht leiden." Johanna lächelte traurig. „So, jetzt möchte ich dich aber nicht weiter von deinen Freunden abhalten", fügte sie noch hinzu und verabschiedete sich. Emelie ging wieder zu ihren Freunden.

Claudia bemerkte: „Du siehst wie eine Kalkleiste aus. Was ist denn passiert?" Emelie setzte sich und fragte in die Runde: „Heute ist doch der 11.10.?" Tom antwortete: „Ja. Wieso?" „Heute ist der Todestag von Johannas Mann und ihrer Tochter", bemerkte Emelie. Die anderen wurden still. Nur ab und zu war ein „Oh man" zu hören. Als es Zeit wurde, trennten sich die Freunde und gingen nach Hause.

Am Abend beim Essen bemerkte ihre Mutter, dass Emelie nicht viel aß. „Geht es dir nicht gut, Liebes?", fragte sie. Emelie antwortete: „Mir ist der heutige Friedhofsbesuch etwas auf den Magen geschlagen." Nora war gleich Feuer und Flamme. „Hast du etwa einen Geist gesehen? Oder sind die Zombies aus ihren Gräbern gestiegen?", fragte sie lachend. Ihr Vater verdrehte die Augen und ihre Mutter verzog angewidert das Gesicht. Emelie sagte: „Nein. Halloween ist erst in drei Wochen, Nora." Nora strahlte: „Ja. Darauf freue ich mich das ganze Jahr." Emelie versuchte zu lächeln und erzählte was für ein Tag heute war. Ihre Mutter fröstelte und sagte: „Du meine Güte. Nur siebzehn Jahre ist ihre Tochter geworden?!" Emelie nickte. Niemand konnte mehr etwas essen. Selbst ihr Vater,

der ein Gegner von weggeworfenen Essen war, bekam keinen Bissen mehr runter. Später im Wohnzimmer legte ihre Mutter eine DVD in den Recorder. Es war eine Komödie. Emelie, ihr Vater und vor allem Nora schauten sie überrascht an. „Der heutige Tag hatte so viel trauriges, da möchte ich den Abend wenigstens etwas lustiger ausklingen lassen", rechtfertigte sich ihre Mutter. Nora sagte, dass sie lieber in ihrem Zimmer an ihrem Halloween-Kostüm bastelte, als sich diesen Film anzusehen. Auch der Vater hatte kein Interesse an dem Film und ging ins Arbeitszimmer. Emelie sah das enttäuschte Gesicht ihrer Mutter und beschloss, obwohl sie auch nicht wirklich interessiert war, ihrer Mutter Gesellschaft zu leisten
Die nächsten Wochen vergingen ohne größere Zwischenfälle. Immer, wenn Johanna auf den Friedhof ging, winkten Emelie und mittlerweile auch ihre Freunde, ihr zu. Ab und an unterhielten sie sich ein wenig, oder sie half Johanna. Eines Tages winkte Johanna Emelie zu sich. Da sie einige Blumensträuße im Arm hielt, dachte Emelie, dass Johanna Hilfe brauchte. „Hallo Johanna! Soll ich Dir tragen helfen?", fragte sie. Johanna antwortete: „Oh, vielen Dank Emelie."

„Das sind aber viele Sträuße heute", bemerkte Emelie. „Ja. Heute muss ich allen meinen Gräbern einen Besuch abstatten", erwiderte Johanna. Emelie schaute sie überrascht an. Johanna lächelte wieder und erklärte: „Heute ist doch Totensonntag." Jetzt wusste Emelie auch, warum so viele Leute auf dem Friedhof unterwegs waren. Emelie half Johanna die Blumensträuße zu verteilen, bis zum Schluss nur noch zwei wunderschöne dunkelrote Rosen übrigblieben. Die waren natürlich für Johannas Mann und Tochter. Als auch diese beiden Blumen ihren Platz gefunden hatten, holte Johanna einen Umschlag aus ihrer Tasche. Sie reichte ihn Emelie mit den Worten: „Das wollte ich dir doch zeigen. Du kannst das behalten. Ich habe es kopieren lassen." Emelie öffnete den Umschlag. Es war das Gedicht von Johannas Tochter. Emelie bedankte sich und Johanna verabschiedete sich von ihr. Emelie las.

Gegen das Vergessen!
Ich möchte mich nicht in den Vordergrund drängen.
Dafür bin ich zu unbedeutend.
Wenn ich befreit bin von allen Zwängen,

und eine andere Zeit wird für mich eingeläutet.
Dann bitte ich um eines nur.
Lasst mich nicht so schnell aus eurem Gedächtnis entfernen.
Begebe mich auf eine besondere Spur.
Schaut hinauf zu den vielen Sternen.
Einer von ihnen bin ich und schaue auf euch runter.
Zu den ganzen Freunden und Verwandten werde ich gehen.
Keine Sorge, hier sind wir froh und munter.
Warten auf euch, bis wir uns wiedersehen.
Gegen das Vergessen ist dieses Gedicht.
Wenn ihr uns vergesst, dann sind wir verloren.
Sind wir in euren Herzen, passiert das nicht.
Wir leben, wir sterben und manchmal werden wir wiedergeboren.
Becky (September 1994)

Emelie bekam weiche Knie. Dieses Gedicht war nur wenige Wochen vor dem Unfall entstanden. Sie ging zu ihren Freunden und las ihnen das Gedicht vor. Tom sagte: „Da sollte man jeden Tag genießen. Wie schnell es vorbei sein kann." Niemand sagte etwas, aber alle wussten, wie recht er hatte.

Paul

Die Großen dieser Welt haben sehr weises gesagt. Ich zitiere:

Epiktet

„Wenn die Sonne nicht auf Lob und Bitten wartet, um aufzugehen, sondern eben leuchtet und von der ganzen Welt begrüßt wird, so darfst auch du weder Schmeicheln noch Beifall brauchen, um Gutes zu tun. Aus dir selbstheraus musst du es tun: Dann wirst du wie die Sonne geliebt werden."
Das sollte man sich zum Lebensmotto erheben.

Tietz

Frösche im Teich
Es war einmal vor nicht allzu langer Zeit, ein kleines Dörfchen namens Kreischau.

Dort wohnten Hanni und Rainer. Beide waren im Dorf bekannt, nicht zuletzt durch die leitende Position in der Ortsfeuerwehr. Gemeinsam bewohnten sie ein Häuschen am Rande des Dorfes. Zu ihrem Anwesen gehörten ein Fisch- und ein Badeteich. Im Sommer laichten dort sehr viele Frösche. So kam es wie es kommen musste, die Dorfbevölkerung beschwerte sich über das laute Quaken. Jedem im Ort missfielen die lauten Paarungsrufe der grünen Tiere. Rainer hatte eine Idee. Er bewaffnete sich mit einem Eimer und einem Kescher und fing die quakenden Tiere ein. Behutsam legte er eine Decke über den Eimer und trug die Frösche schnellen Schrittes aus dem Dorf. Auf dem Rückweg berichtete er seinen Kameraden der Ortsfeuerwehr von seiner Heldentat und genoss natürlich deren Anerkennung. Das gesamte Dorf freute sich auf eine quakfreie Nacht. Mit stolzer Brust stolzierte Rainer nach Hause. Dort saß Hanni auf der Bank am Teich und grinste ihn an. Mit dem Finger zeigte sie sodann in Richtung Gartenzaun. Der soeben noch stolze Feuerwehrmann traute seinen Augen nicht. Da kamen doch mit einem SCHWAPP unzählige grüne Frösche über den Zaun gesprungen. Mit einem weithin vernehmbaren Quak hüpften sie ins kühle Nass. Und glaubt mir, wenn sie nicht gestorben sind, dann quaken sie noch heute.

Paul

Was ist Glück

Als ich zum Nachhilfeunterricht kam, saß Evi nachdenklich auf der Bank vor dem Haus. Ganz unverhofft fragt sie mich: "Was ist Glück?" Ich schaue sie an und kann nicht sofort antworten, denn ich muss meine Gedanken noch ordnen. Sie kommt mir mit einer Antwort zuvor und sagt: "Ist es Glück, wenn ich einer guten Fee begegne und dann drei Wünsche frei habe?" „Nein", sicher nicht, sage ich und setze mich zu ihr auf die Bank. Glück ist etwas, dass in dir selbst liegt! Du musst selbst für dein Glück sorgen. Du musst wissen, dass zu jedem Glück auch etwas Unglück gehört. Sie antwortet mir :"Das verstehe ich nicht!" Nun, das glaube ich dir, antworte ich und versuche weiter zu erklären. Das Glück lässt sich nicht mit Worten festmachen. Das Wort Glück bedeutet für jeden etwas anderes. Das Glück ist ein Gefühl und hat nichts mit Zufriedenheit zu tun. Du kannst es nicht anfassen, Glück ist ein Gefühl, es ist in uns. Es hat sehr wenig mit unserer Außenwelt zu tun. Glück muss jeder für sich selbst einschätzen, das heißt bemessen. Glücklich ist, wer mehr angenehme als unangenehme Gefühle hat. Sie steht auf, schaut mich lange fragend an und sagt dann: "Ach so ist das." Dann wendet sie sich ab und geht ins Haus

Härtel

Schpauk in dä Remise

En jed'n harr et e'wusst, dat's bie dä Ölnroer Kerke nicht allet midde recht'n Dingen's taujunge. Dä Oln hät freuer e'secht, dat sauwat davoone koomet, derwäjen dä Doodijen op'n Kerkhowwe nich daap'e nauch undere' maaket worr'n un sek nu dorch Schpäuk'n bemerkbar maaken mött. Sei et nu wie't sei, op jed'n falle hät dä Lüe allehope ümmer en dull'n Schiß e'hat, wenn dä Schupp'm forr'n Liekenwaan (Leichenwagen) oop'm stunne. Denn lejje sek öwer dä Vorbiekoomd'nen en trurijen Schuur und dä Forcht vorr'n Doode kruupe dä Lüe aane. Saugar Pfarrer Rohner un siene Familie hät ümmer darop e'kukket, dat's dä „Remise", wie sai dän Schupp'm beteiket'n, ümmer e'schloot'n harre, abersch wenn dä vorre'säät'n harre, is dä Kerkhowsrauh here'stellt e'west. Et harre ok Lüe e'jeem, dä sek nischtd ut dä Vortellije öwern Schpauk e'maaket hät. Dat sin dä Lüe e'west, dä midden Liekenwaan ummegahn most'n, wie tau düsse Lü'he'k as Kerkendiener ok e'höret. Düsse paanliche Jenauichkaat mit düsset Doorwäch is mek op en Keks e'gahn un örjent wenn harre mek dä öwendriem'ne Forcht von Fräulein Irmchen Rohner, dat Noet'n von'n Pastere, aanestifft öwwer wat grauulichet nahtaudenk'n. Op dä Idee bin'k e'komm, as e'k maa wedder bien Grotraanemaak'n von dä Kerke, ok dä Remise moot'n uutfäjen un Stoof von'n Liekenwaan häbe wisch'n mött'n. Dartau jehöre, dat's dat grote schwarte Dauk maa ute'schüdd'lt woore, op dat dä Sarich forr'n Transporte nah'n Friedhowwe e'stellt wer'n mosste. Dat Dauk is nu veel grötter as ek e'west un damidde et bie'n uutschüdd'ln nich op dä Eere schlüüre, heb'ek mek dä aane Hällewte öwwer'n Kopp lejjen mott'n. Under'n Dauk is ja nu düster e'west un da is mek en Licht ope'gahn. Darbie is nu dütte ruute'koom, wat uut dä Sicht von Fräulein Rohner ne Bejejnunge midde'n Dood e'west is. In'n Harwest worre dä Glokke all nahmiddachs ume fünewe e'lüd, denn butt'n is et umme dä Tied all en bett'n schakkrich e'worrn. Dat is ümmer jenau dä Tied forr'n Nahmiddachsspazierjang von Fräulein Rohner e'west. Sai harre ne Behinderung un jung derwäjen aane Krükkstokke; meist'ns betz nah'n Bakkhuuse un retur. As sai nu wedder in dä Kerkgatze ine'boon is, harre sai e'sahn, dat's maa wedder en Doorflöjj'l von dä Remise ope'stahn herre. Sai bliewe stahn un is sek nich aanich e'west, salle sai nu noch hennloop'n un taumaak'n or sau daun, as harre sai et nicht e'market. Sau harre sai denn ok all öhrn Maut tausamme'noom un is nah'n Schupp'n henne. Sai maake dän aan Dorflöjj'l tau, as sai bemarke, dat sek dat schwarte Dauk op en Liekenwaan bewääje un denn sek sachte opperekke, sau as stunne en Doodijen wedder oppe. Darbie sejje dat schwarte Dauk bedächtich: „Lass die Toten ruhen Irmchen!" Sai wolle schrie'n, kejje abers kaan aan Ton ruter, Dä Hänne harre sai sek fort Jesicht e'schlayan un bibberre midde dä Knie.

Erscht denn is en: „Ja, Geist!" öwer ihre Lipp'ns e'koom. Da heb ek dat schwarte Dauk fall'n laat'n, denn sai solle ja weet'n, dat's kaane Jasters un Jespenssters jaaw. Wörre ek nich midde ne Hechtrolle aan öt vorbie e'maaket, harre ek woll mehr as aan midde dä Krükke öwere'trekket e'krejjen. Abms harr'ek denne doch Pukkelwaidah. Späder, wenn wai unsch e'droop'n hät, hä'we ummer most'n jrins'n und ek häwwe e'wußt, dat's Irmchen nur noche aan'n liem Gott glöwet un aan nist ann'ret wieder, schon öwwerhaupt nich aan't Späuken von Gaaster's.

Schröder
Den Wölfen sehr nah

Einige Stunden bei den Polarwölfen im Wildpark Lüneburger Heide.

Die Sonne strahlte schon am Morgen vom Himmel. Ein perfekter Tag für einen Besuch im Wildpark.
Auf dem Parkplatz des Wildparks trafen wir uns mit der Pflegerin. Über einen Versorgungsweg schleuste sie uns in den Park. Am Wolfsgehege verfolgten wir

aufmerksam ihren Bericht über das Leben und die Entwicklung der Wölfe. Nach dem Vortrag konnten wir das Vorgehege betreten. Mit den Hundekuchen für die Wölfe bekamen wir auch letzte Instruktionen. Ruhig auf den Baumstämmen sitzen und bei zu viel Nähe, den Wölfen die leeren Handflächen zeigen. Das gibt ihnen zu verstehen, dass es kein Futter mehr gibt. Gespannt saßen wir auf den Stämmen und schon kamen Noran und Naja heran. Die Polarwölfe nahmen sehr vorsichtig die Hundekuchen aus den flachen Handflächen. Noran konnte ich vorsichtig streicheln. Das Fell der Polarwölfe ist sehr dicht, warm und weich und sie haben keinen Eigengeruch. Meine Hand verschwand regelrecht im Fell. Ich fühlte mich in der Nähe der Wölfe sehr wohl, Angst verspürte ich in keiner Sekunde Bereits seit einer Stunde saßen wir im Vorgehege der Polarwölfe. Noran kam zu mir herüber und nahm das Futter aus der Hand. Auch er war sehr vorsichtig mit seinen scharfen Zähnen. Die Wölfe strahlten eine wunderbare Ruhe aus. Noran stellte seine Vorderpfoten auf meine Knie. Schon dachte ich, es könnte unangenehm werden. Doch er wollte mir nur seine Zuneigung bekunden. Plötzlich und unerwartet hatte ich seine warme Zunge mitten im Gesicht. Etwas überrascht, aber sehr glücklich, ließ ich ihn gewähren. Wer kann schon von sich behaupten, mich hat ein Wolf geküsst. Noran hatte gleich noch eine besondere Aufgabe zu erfüllen, er war unser tierischer Partner bei einem Fototermin. Dazu verließen wir das Gehege und gingen auf den Versorgungsweg. Hier waren wir etwas abseits von den anderen Besuchern. Der Wolf lief an der Leine neben uns her. Auf dem Waldweg hatten wir nun die Aufgabe, uns und den Wolf ins rechte Licht zu rücken. Mit einer Kaustange für Hunde konnten wir ihn in die richtige Richtung dirigieren. Schon beim zweiten Versuch hatte ich den Dreh raus. Mein Lächeln war natürlich, der Blick in die Kamera auch. Bei Noran sah man die Leine nicht und er war auch super getroffen. Juhu! Leider mussten wir dann Noran zurück ins Gehege bringen und Abschied nehmen von den Polarwölfen. Am Ziegengehege kamen einige Ziegen nah heran, doch sobald sie an meiner Hand gerochen hatten, suchten sie eilends das Weite. Beim Damwild hatte ich den gleichen Erfolg, auch sie ergriffen die Flucht. Dann wurde mir klar, es lag an den Wölfen. Sie hatten meine Hände abgeleckt und dadurch meinen Geruch überdeckt. Weitere Versuche die Tiere zu verwirren, unterließ ich. Bis zum Verlassen des Parks beobachtete ich die Tiere nur. Die Vielzahl der Arten ist einfach sehenswert. Glücklich verließen ich den Park.

Schröder

Der Nationalpark Harz

Im Harz leben – heißt im Schutzgebiet leben. Hier werden wertvolle Lebensräume und auch seltene Tier- und Pflanzenarten erhalten. Und da ist es kaum zu glauben, aber manche Steine im Harz haben bereits 500 Millionen Jahre hinter sich. Was würden sie alles erzählen können? Da wäre sicher die Rede von Eiszeiten und Wetterextremen, aber auch ruhige und glückliche Zeiten kämen zur Sprache. Das Klima im Harz ist untypisch für deutsche Mittelgebirge. Somit könnte der Brocken in skandinavischen Breiten liegen. Über die Jahre hat der Mensch die Vegetation im Harz sehr beeinflusst. Durch den Bergbau wurden Laubbäume gefällt und

Nadelbäume gepflanzt. Seither verbreitete sich der Nadelwald zusehends. Die Wälder bieten vielen Tierarten ein zu Hause, neben Rothirsch, Wildschwein und Reh konnte auch der Luchs hier wieder heimisch werden. Zu den seltenen Vogelarten zählen unter anderem der Schwarzstorch und der Sperlingskauz. Je höher man dem Brocken entgegen steigt, umso auffälliger werden auch die Veränderungen in der Tier- und Pflanzenwelt. Am Fuße des Mittelgebirges ist der Rotbuchenwald noch verbreitet. Hier und da sind auch Eichen, Ulmen, Ahorn und Eschen zu finden. Ihren Platz behaupten auch einige Frühblüher, wie Buschwindröschen und Bärlauch. In 700 m ändert sich das Bild, der Buchen–, Fichten- – Mischwald bestimmt hier die Vegetation. Unter den hohen Kronen leben Auerhahn und Raufußkauz. Birken und Weiden sind ganz selten ab 800 m zu finden, dafür überwiegen die Fichten. Die Rufe der Haubenmeise, Tannenhäher, Erlenzeisige und Fichtenkreuzschnabel ertönen hier im Forst und schließlich wird der Wald immer lichter. Nur noch einige wenige bizarre Baumgestalten trotzen dem immer stärker werdenden Wind. Der Gipfel des Brockens ist wahrscheinlich von Natur aus kahl, auf diesem einsam stehenden Gipfelplateau könnte kein Baum den Stürmen standhalten. In über 1 100 m gedeihen im Brockengarten 1 600 Hochgebirgspflanzen aus aller Welt. Die Moore hingegen umgibt eine mystische Aura, das dunkle Wasser schimmert trügerisch durch die Moose und nur auf den Stegen findet man einen sicheren Weg hindurch. Zwergsträucher wie Heidel-, Krähen- und Moosbeere gedeihen prächtig. Zahlreiche kalte und sauerstoffreiche Flüsse entspringen dem Harzer Gestein, in Quellnähe sind Steine im Flussbett zu finden und am Harzrand hingegen wird das Wasser ruhiger, nur noch Kiesel und Sand bestimmen das Bild. Dichter nahmen den Harz als Vorlage für Geschichten und Dramen. Viele besuchten den Harz mehr als nur einmal. Auch Sagen und Mythen ragen um das Mittelgebirge rund um den Brocken. So zum Beispiel gibt es einige Wiesen im Harz auf denen im August und September die Herbstzeitlosen blühen. Diese Wiesen werden in jedem Jahr zurechtgemacht, damit viele Menschen dem Schauspiel der Natur beiwohnen können. Darüber hinaus wachsen im Harz von März bis September verschiedene Orchideen. Der Harz ist zu jeder Jahreszeit schön. Lasst die Stimmung nur hinein in euer Herz und ihr werdet den

Harz neu erleben. Ein Erlebnis der besonderen Art ist der Besuch im „Welt Wald" oder früher das „Arboretum" genannt Im „normalen" Harzer Wald haben inzwischen tausende Baumarten aus aller Welt eine neue Heimat gefunden, wurden erfolgreich integriert. Auf Schautafeln sind die klangvollen Bezeichnungen der fremdländischen Bäume zu lesen, da prangen Namen wie Hirschkolbensumach, Weinblattahorn, Kreuzdorn, Mammutbaum, Momiji – Japanischer Fächerahorn und Scheinzypresse. Von einstmals 113 000 Gehölzen haben sich 45 000 im Wald behaupten können. Im nordamerikanischen Teil finden sich die Mammutbäume. Hier färben sich auch im Indian Summer die Ahorngewächse blutrot, zu dieser Zeit sind viele Spaziergänger im „WeltWald" unterwegs. Bei den Spaziergängen kann sicher jeder seine ganz persönliche Freude empfinden. Für einen Moment, von Urlaub im Land der unbegrenzten Möglichkeiten träumen. Wer möchte nicht den Gedanken nachgehen in einem Meer von blutroten Ahorngewächsen. An die Ureinwohner Nordamerikas erinnern zwei Totempfähle. Diese wurden von zwei Harzer

Forstarbeitern aus nordamerikanischen Gehölzen gestaltet. Studenten bemalten die Totems nach dem Vorbild der Kultur der Ureinwohner Amerikas, den Indianern. Der Harzer Wald ist bereits einen Besuch wert und die fremdländischen Gehölze machen den „WeltWald Harz" noch einzigartiger. Wo gibt es die Möglichkeit sich inmitten dieser vielen Baumarten aus aller Welt zu bewegen, ohne die Ursprungsländer zu bereisen. Entdecken sie einen Hauch von Ferne und Freiheit, wenn sie unter der Vielzahl von Bäumen hindurch wandern und das eine oder andere Blatt mit nach Hause nehmen. Finden sie Ruhe und Entspannung und denken sie an Japan oder Kanada. Manchmal liegt das Glück ganz nah und ist nur einen Steinwurf entfernt.

Verfasser unbekannt

Wie arm wir doch sind!

Eines Tages fuhr ein Geschäftsmann aufs Land und nahm seinen Sohn mit. Er wollte ihm zeigen wie ärmlich die Leute dort leben. Vater und Sohn verbrachten einen Tag und eine Nacht bei einem Bauern. In die Stadt zurückgekehrt, wollte der Vater vom Sohn wissen: "Wie war dieser Ausflug?" „Sehr interessant!" antwortete der Sohn. Nun hast du also gesehen wie arm Menschen sein können. „Oh ja Vater, das habe ich gesehen: „Was hast du daraus gelernt" fragte der Vater. Der Sohn antwortete: "Ich habe gesehen, dass wir einen Hund haben und die Leute auf dem Land hatten vier Hunde. Wir haben einen Swimmingpool, der bis zur Mitte unseres Garten reicht und sie haben einen See, der gar nicht aufhört. Wir haben prächtige Lampen in unserem Garten und sie haben die Sterne. Unsere Terrasse reicht bis zum Vorgarten und sie haben den ganzen Horizont." Der Vater war sprachlos. Der Sohn fügte noch hinzu: "Danke Vater, dass du mir gezeigt hast, wie arm wir sind."

Stolze-K.

Der Schluckauf

Henry ist heute verzagt.
Ein Schluckauf ihn fürchterlich plagt.

Jeder gibt ihm gut gemeinte Tipps.
Ein Herr mit einem roten Schlips,
rät ihm, einen Kopfstand zu machen.
Darüber kann eine Frau nur lachen.
"Einen guten Kräutertee" rät diese ihm.
Das macht doch alles keinen Sinn,
denkt sich Henry nur.
Vom Ende seines Schluckaufs keine Spur.
Ein Kumpel verspricht: "Luft anhalten funktioniert."
Henry hat das gleich ausprobiert.
Ihm wird schwummerig und er hat seine Not.
Ist im Gesicht auch schon ganz rot.
Der Barkeeper winkt nur ab
und lacht sich dabei schlapp.
Er gibt Henry nun den Rat:
"Jetzt musst du mal machen eine richtige Tat.
Das geht am besten mit einem schönen großen Bier.
Und kenn` dabei keine Zier.
In einem Zuge musst du es leeren.
Mehr muss ich wohl nicht erklären."
Der Wirt stellt ihm ein halben Humpen vor die Nase.
Henry duckt sich, wie ein Hase.
Wie soll er den auf einmal trinken?
Er wollte nicht nach Hause hinken.
Ein weiterer Schluckauf schüttelt ihn.

Greift sogleich nach dem Glase hin.
Er möchte doch mit den Leuten normal reden.
Und nicht nur in der hintersten Ecke kleben.
Nun denn! Denkt sich Henry nun,
ich werde es jetzt tun.
Trinkt die ersten Schlucke schnell.
Sein Ausdruck auf dem Gesicht wird hell.
Freut sich, es bald geschafft zu haben.
Dieser fiese Schluckauf wird ihn nicht mehr plagen.
Doch mit seine Freude war zu voreilig gewesen,
spuckt und hustet über den Tresen.
Hat einen zu großen Schluck genommen
und keine Luft mehr bekommen.
Der Kumpel haut ihm auf den Rücken
und der Wirt ist beim Wischlappen zücken.
Henry ist es unheimlich peinlich.
Doch der Wirt ist nicht so kleinlich
und fragt mit einem Lächeln ihn:
"Wo ist denn dein Schluckauf hin?
Das hilft, wusste ich es doch."
Ein anderer Kumpel von Henry glaubt jedoch,
helfen ist doch nicht schwer.
Erschreckt ihn deshalb sehr.
Hat gehört, dass dies helfen soll.
Jetzt ist der Schluckauf wieder da, na toll.

Der Wirt stellt auf den Tresen ein großes Bier:
"Einen guten Schluck wünsch` ich dir."

Verfasser unbekannt

Noah und die Arche

Leider ist der nachfolgende Text kein Aprilscherz und auch keine Karnevalsgeschichte. Es ist leider bitterer Ernst in unserer Gesellschaft. Der Bürokratismus ist dermaßen auf dem Vormarsch, dass bald nichts mehr in der Gesellschaft funktioniert. Ein Musterbeispiel die nachfolgende Geschichte.

Der Bau der zweiten Arche.

Nach vielen Jahren sah Gott wieder einmal auf die Erde. Die Menschen waren verdorben und gewalttätig und er beschloss, sie zu vertilgen, genau so, wie er es vor langer, langer Zeit schon einmal getan hatte. Er sprach zu Noah: "Noah, baue mir noch einmal eine Arche aus Zedernholz, so wie damals - 300 Ellen lang, 50 Ellen breit und 30 Ellen hoch. Ich will

eine zweite Sintflut über die Erde bringen. Die Menschen haben nichts dazugelernt. Du aber gehst mit deiner Frau, deinen Söhnen und deren Frauen in die Arche und nimm von allen Tieren zwei mit, je ein Männchen und ein Weibchen. In sechs Monaten werde ich den großen Regen schicken". Noah stöhnte auf, musste das denn schon wieder sein". Wieder 40 Tage Regen und 150 unbequeme Tage auf dem Wasser mit all den lästigen Tieren an Bord und ohne Fernsehen! Aber Noah war gehorsam und versprach, alles genau so zu tun, wie Gott ihn aufgetragen hatte. Nach sechs Monaten zogen dunkle Wolken auf und es begann zu regnen. Noah saß in seinem Vorgarten und weinte, denn da war keine Arche. "Noah", da rief der Herr, "Noah", wo ist die Arche?
Noah blickte zum Himmel und sprach: "Herr, sei mir gnädig." Gott fragte abermals "Wo ist die Arche, Noah?" Da trocknete Noah seine Tränen und sprach: "Herr... was hast du mir angetan? Als erstes beantragte ich beim Landkreis eine Baugenehmigung. Die dachten zuerst, ich wollte einen extravaganten Schafstall bauen. Die kamen mit der ausgefallenen Bauform nicht zurecht, denn an einen Schiffbau wollten sie nicht glauben. Auch

deine Maßangaben stifteten Verwirrung, weil niemand mehr weiß, wie lang eine Elle ist. Also musste mein Architekt einen neuen Plan entwerfen. Die Baugenehmigung wurde mir zunächst abgelehnt, weil eine Werft in einem Wohngebiet planungsrechtlich unzulässig sei. Nachdem ich dann endlich ein passendes Gewerbegrundstück gefunden hatte, gab es nur noch Probleme. Im Moment geht es z. B. um die Frage, ob die Arche feuerhemmende Türen, eine Sprinkleranlage und einen Löschwassertank benötige. Nach dem Hinweis, ich hätte im Ernstfall rundherum genug Löschwasser, glaubten die Beamten, ich wollte mich über sie lustig machen. Als ich ihnen erklärte, das Wasser käme noch in großen Mengen und zwar viel mehr als ich zum Löschen benötigte, brachte mir das den Besuch eines Arztes vom Landeskrankenhaus (Klapsmühle) ein. Er wollte von mir wissen, was ein Schiffbau auf dem Trockenen, fernab von jedem Gewässer, solle. Die Bezirksregierung teilte mir daraufhin telefonisch mit, ich könnte ja gern ein Schiff bauen, müsste aber selbst zusehen, wie es zum nächsten größeren Fluss käme. Mit dem Bau eines Sperrwerks könnte ich nicht rechnen, nachdem der Ministerpräsident zurückgetreten sei. Dann rief mich noch ein anderer Beamter dieser Behörde an, der mir erklärte, sie seien inzwischen ein kundenorientiertes Dienstleistungsunternehmen und darum wolle er mich darauf hinweisen, dass ich bei der EU in Brüssel eine Werftbeihilfe beantragen könne, allerdings müsste der Antrag achtfach in den drei Amtssprachen eingereicht werden. Inzwischen ist beim Verwaltungsgericht ein vorläufiges Rechtsschutzverfahren meines Nachbarn anhängig, der einen Großhandel für Tierfutter betreibt. Der hält das Vorhaben für einen großen Werbegag - mein Schiffbau sei nur darauf angelegt, ihm Kunden abspenstig zu machen. Ich habe ihm schon zwei Mal erklärt, dass ich gar nichts verkaufen wolle. Er hört mir gar nicht zu und das Verwaltungsgericht hat offenbar auch viel viel Zeit.

Die Suche nach dem Zedernholz habe ich eingestellt. Libanesische Zedern dürfen nicht mehr eingeführt werden. Als ich deshalb hier im Wald Bauholz beschaffen wollte, wurde mir das Fällen von Bäumen unter Hinweis auf das Landeswaldgesetz verweigert. Dies schädige den Naturhaushalt und das Klima. Außerdem sollte ich erst eine Ersatzaufforstung nachweisen. Mein Einwand, in Kürze werde es gar keine Natur mehr geben und das Pflanzen von Bäumen an anderer Stelle sei deshalb völlig sinnlos, brachte mir den zweiten Besuch des Arztes vom Landeskrankenhaus ein.

Die angeheuerten Zimmerleute versprachen mir schließlich, für das notwendige Holz selbst zu sorgen. Sie wählten jedoch erst einmal einen Betriebsrat. Der wollte mit mir zunächst einen Tarifvertrag für den Holzschiffbau auf dem flachen Lande ohne Wasserkontakt aushandeln. Weil wir uns aber nicht einig wurden, kam es zu einer Urabstimmung und zum Streik. Herr, weißt du eigentlich, was Handwerker heute im Voraus verlangen? Wie soll ich denn das bezahlen? Weil die Zeit drängte, fing ich schon einmal an, Tiere einzusammeln. Am Anfang ging das noch ganz gut, vor allem die beiden Ameisen sind noch immer wohlauf. Aber seit ich zwei Tiger und zwei Schafe von der Notwendigkeit ihres gemeinsamen und friedlichen Aufenthaltes bei mir überzeugt hatte, meldete sich der örtliche Tierschutzverein und rügte die artwidrige Haltung.

Und mein Nachbar klagt auch schon wieder, weil er auch die Eröffnung eines Zoos für geschäftsschädigend hält. Herr, ist dir eigentlich klar, dass ich auch nach der Europäischen Tierschutz-Transportverordnung eine Genehmigung brauche? Ich bin schon auf Seite 22 des Formulars und grüble im Moment darüber, was ich als Transportziel angeben soll. Und wusstest du, dass z.B. geweihtragende Tiere während der Brunftzeit überhaupt nicht transportiert werden dürfen? Und die Hirsche sind ständig am schneckeln, wie Fürstin Gloria sagen würde und auch der gemeine Elch und der Stier denken an nichts anderes, besonders die südlicheren! Herr, wusstest du das?
Übrigens, wo hast du eigentlich die Callipepla caliconica du weißt schon, die Schopfwachteln und den Lethamus Discolor versteckt? Den Schwalbensittich habe ich bisher auch nicht finden können. Dir ist natürlich auch bewusst, dass ich die 43 Vorschriften der Binnenmarkt-Tierschutzverordnung bei dem Transport der Kaninchen strikt beachten muss. Meine Rechtsanwälte prüfen gerade, ob diese Vorschriften auch für Hasen gelten. Übrigens, wenn du es einrichten könntest,

die Arche als fremdflaggiges Schiff zu deklarieren, das sich nur im Bereich des deutschen Küstenmeeres aufhält, bekäme ich die Genehmigung viel einfacher. Du könntest dich doch auch einmal für mich bemühen. Ein Umweltschützer von Greenpeace erklärte mir, dass ich Gülle, Jauche, Exkremente und Stallmist nicht im Wasser entsorgen darf. Wie stellst du dir das eigentlich vor? Damals ging es doch auch! Vor zwei Wochen hat sich das Oberkommando der Marine bei mir gemeldet und von mir eine Karte der künftig überfluteten Gebiete erbeten. Ich habe ihnen einen blau angemalten Globus geschickt.
Und vor zehn Tagen erschien die Steuerfahndung, die haben den Verdacht, ich bereite meine Steuerflucht vor. Ich komme so nicht weiter Herr, ich bin verzweifelt! Soll ich nicht doch lieber meinen Rechtsanwalt mit auf die Arche nehmen?" Noah fing wieder an zu weinen.
Da hörte der Regen auf, der Himmel wurde klar und die Sonne schien wieder. Und es zeigte sich ein wunderschöner Regenbogen. Noah blickte auf und lächelte. "Herr, du wirst die Erde doch nicht zerstören" Da sprach der Herr:"Darum

sorge ich mich nicht mehr, das schafft schon eure Verwaltung!"
Wer nun der Meinung ist das ist völlig überzogen, der gehe bitte dahin und baue ein Haus. Viel Spaß im Dschungel der Bürokratie.

Paul

Die Selke

Im Harz entspringet
aus einem Wiesenquell,
die Selke –
klein und hell.

Auf ihrem Weg zum Falle
muss sie sich krümmen
und winden,
in Bogen ohne Zahl.

Um aufgenommen zu werden
in einem romantisch Tal.
Hier wird enden ihr Lauf
an einem Riesentor.

Das Flüsschen wird klagen und hadern
mit seinem Schicksal schwer.
Es muss sich drein fügen,
am End' ist der freie Lauf.

Nacherzählt von Paul
(Eine Sage aus dem Mecklenburgischen von Hund, Katze und Maus.)

Eine Geschichte von Hund, Katze und Maus.

Vor langer langer Zeit lebte der Hund noch als wildes Tier in Wald und Flur. Der Mensch kam und machte ihm ein Angebot. Der Hund solle in alle Ewigkeit Haus und Hof bewachen und als Gegenleistung erhält er an jedem Tag des Jahres ein halbes Kilogramm Fleisch Dem Hund gefiel das Angebot, aber er bestand darauf, dies schriftlich zu erhalten. Der Mensch stellte ihm daraufhin eine große Urkunde aus, in der er sich verpflichtete, für alle Zeiten dem Hund jeden Tag seine Fleischportion zu überreichen. Doch nun bestand die Frage wo sollte der Hund dieses sicher aufbewahren? Denn man kann ja nicht wissen, ob das Schriftstück vielleicht einmal gebraucht würde. Zum Glück hatte der Hund eine gute Freundin, die Katze. Diese lebte schon viele Jahre beim Menschen und war ständig im Haus unterwegs. Sie hatte also wesentlich mehr Möglichkeiten der Aufbewahrung. „Mach dir keine Sorgen" sprach sie zu ihrem

Freund dem Hund. „Ich weiß einen guten Platz, wo deine Urkunde ganz sicher ist". Der Hund übergab der Katze das Pergament und diese trug es auf den Hausboden. Dort versteckte sie es zwischen zwei Balken. Da lag es trocken und gut. Hund und Katze waren ganz sicher, dass ihm nichts passieren konnte. Eines Tages nun, als die Katze im Keller beschäftigt war, ging eine Maus auf dem Dachboden spazieren. Wie sie nun überall zwischen den Balken umher schnüffelte, fand sie die Urkunde. Wollen doch mal sehen, wie so etwas schmeckt. Nachdem sie das Pergament zernagt hatte, lief sie weiter. Die Zeit verging in Eintracht. Der Hund bekam regelmäßig sein Fleisch, die Katze war auch zufrieden und so lebten sie herrlich und in Freuden. Um diese Zeit geschah es, dass sich vieles änderte im Haus. Kurzum, eines Tages kam der Mensch nicht mehr mit einem Stück Fleisch, sondern brachte dem Hund nur einen Knochen. Nein, schrie der Hund, Knochen esse ich nicht. Fleisch steht mir zu. „Das kann jeder sagen", antwortete der Mensch. „Hast du das schriftlich"? „Natürlich, erwiderte der Hund. Sonst würde ich es doch nicht verlangen"! Sofort hole ich dir die Urkunde und mache mir das Fleisch schon zurecht. Der Hund lief zu seiner Freundin, der Katze und sprach: "Gib mir schnell meine Urkunde". „Vorher kriege ich mein Fleisch nicht". Einen Moment", sagte die Katze, ich hole sie vom Boden". Aber die Katze kam nicht wieder. Nun stieg auch der Hund ärgerlich auf den Boden und sah die Bescherung. Mit wutgesträubtem Nackenhaar fuhr der Hund auf die Katze los, die ja doch die Schuldige war. Aber die Katze fuhr auf die Maus los und gab dieser die Schuld. Seit jenem Tag herrscht bittere Feindschaft zwischen Hund und Katze und Katze und Maus. Der Mensch aber nutzte es aus, dass der Hund keine Urkunde vorweisen kann und gibt ihm fortan kein Fleisch mehr

Zusammengetragen von Paul

Aus den Aufzeichnungen der Wandergruppe Drübeck, vorrangig aus den Aufzeichnungen von Brigitte und Werner Heute.

Wandern – Wohlfühlen und Genießen

Mit den rüstigen Rentnern aus Drübeck, das sind:

Rosi und Helmut
Brigitte und Ernst
Brigitte und Werner

Auf Schusters Rappen!
Sie haben unsere Heimat durchwandert und auch so manches ferne Land. Sie waren unterwegs an fast allen Wochenenden des Jahres, an anderen freien Tagen und in ihrem Urlaub. Dabei haben sie weder Mühen noch Kosten gescheut. Die Bilanz ihrer Fußmärsche erbrachte jährlich mehrere hundert – ja tausende Kilometer, in Wald und Flur. Eine wirklich dufte Truppe in der jeder für jeden einstand. Jede Wanderung barg Höhepunkte, aber über alle zu schreiben, würde dieses Büchlein sprengen. Nicht einmal das Nennen jeder einzelnen Tour ist möglich. Dennoch soll stellvertretend eine ganz besondere Tour Erwähnung finden. Es ist die „Unterwasserwanderung ohne Schnorchel und Taucherausrüstung" vom 18.11.2003. Die Bezeichnung der Wanderung ist einem Bericht der „Neuen Wernigeröder Zeitung" entnommen. Angeregt durch diese Berichterstattung

fuhren die Wanderfreunde mit dem Auto bis zur Rappbodestaumauer, um von diesem Punkt aus ihre Wanderung zu unternehmen. Das Wetter war uns gut gesonnen und so gingen wir mit relativ leichtem Gebäck die „LANGE" (Wanderweg Richtung Benneckenstein) entlang, bis wir den Abzweig zum Stausee gefunden hatten. Als wir den, um mehr als 20 m abgesenkten Wasserspiegel zu sehen bekamen und auch den Bergkamm der zur Präzeptor-Klippe führte, war das schon sehr seltsam anzuschauen. Wir meisterten zuerst den Abstieg hinunter auf den Kamm und dann den steilen Anstieg hinauf zur Klippe, die im Normalfall eigentlich eine Insel ist. Oben angekommen, waren wir sehr begeistert und haben uns ins Inselbuch (Klippenbuch) eingetragen. Es war erstaunlich, wie viele Wanderer bereits vor uns hier oben gewesen sind. Den nahen Wasserfall zu erwandern, haben wir dann leider auf später verschoben und dann ist nichts mehr daraus geworden. Das bedauern wir heute sehr. Der Berichterstatter der „Neuen Wernigeröder Zeitung" Herr Kuno Böttcher schreibt zu dem Ereignis. Ich zitiere: " .... Die Präzeptorklippe unterhalb vom Eichberg liegt sonst etwa 400 m vom

Ufer entfernt als kleine Insel im Wasser. Jetzt kann man über eine etwa 50 m breite Landzunge auf die Klippe wandern. Im September hat ein Rübelander Wanderfreund dort ein gut gesichertes „Inselbuch" angelegt und auch ein „Steinmännchen" ist inzwischen entstanden. Nachdem wir ausgiebig die Rundsicht genossen hatten, machten wir uns auf den Weg zum Überleitungsstollen. In den Wäldern nördlich der Talsperre wanderten wir über wenig benutzte Wege in Richtung Westen. Bevor wir den Stollen sehen konnten, machte er sich schon durch ein gewaltiges Getöse auf sich aufmerksam. Dem Rauschen folgend, stiegen wir im Wald einen Hang hinab und sahen dann vor uns einen reißenden Gebirgsbach, wie man ihn aus dem Hochgebirge kennt. Man sieht den drei Meter hohen Stollen, der 1,7 km unter dem Trogfurter Berg hindurch von der Überleitungssperre bei Königshütte kommt. Bei normalem Wasserstand ist das alles tief unter der Wasseroberfläche verborgen und man kann den Zufluss nur ahnen. Ein doch etwas seltsames Wanderereignis, aber mit sehr nachhaltigem Eindruck.

Verfasser unbekannt

Die Zeit

Sie kommt um zu gehen,
rieselt wie Sand gnadenlos durch unsere Hände.
Sie kommt um zu gehen,
stellt ihre Fragen,
nimmt und geht an allen Tagen.
Nichts hält sie auf,
sie gleitet dahin,
mal hat sie viel, mal wenig Sinn.
Sie schleicht davon, fast unbemerkt, hat uns gebeutelt und gestärkt.
Lässt uns vergessen manches Leid, heilt Wunden nach gewisser Zeit,
ist die, mit der man sich verband
und eine, die man nicht verstand.
Sie schenkt uns Muße, sie schenkt uns Glück,
verzehrt den schönsten Augenblick. Sie macht alt und bleibt ewig jung,
ist Zukunft und Erinnerung.
Sie kommt und rieselt durch die Hand,
gnadenlos wie dünner Sand. Vielleicht tut es ihr ja selber leid
Die Zeit ist eben die Zeit.

Paul

Die Begegnung der Moosmännchen mit den Menschen.

Die Moosmännchen leben seit Mitte der neunziger Jahre unter uns. Völlig problemlos haben sie sich integriert. Im Wald des Harzes leben sie, unter dem Moos (nachzulesen im Buch: "Neue Geschichten aus dem Harz").
Sie waren dort sehr zufrieden und glücklich. Das war so, bis fremde lärmende Menschen in den Wald kamen. Was die alles mit sich führten. Da waren Liegen, ein Grill, Picknickkörbe, Kühlboxen, Decken und mehrere Hunde. Sie ließen sich in unserer Nähe nieder, ohne von uns Notiz zu nehmen. Die Kinder verschonten nichts und niemanden. Rücksicht, für sie ein Fremdwort, brachen junge Bäume ab, spielten Fußball und trampelten dabei jedes Pflänzchen nieder. Der Grill wurde aufgestellt und mitten im Wald ein offenes Feuer entzündet. Wurstpakete aufgerissen und die Verpackung achtlos in unseren Garten geworfen. Die Hunde hatten längst unsere Witterung aufgenommen. Als sie von der Leine befreit wurden, hieß es für uns nur „Rette sich wer kann." Sie fielen

über unser Häuschen her, so das in einer Minute weder vom Garten noch vom Haus etwas übrig geblieben ist. Die Kinder, vom Gebell der Hunde angelockt, sahen erstaunt kleine Tische und Bänke unter dem Moos. Das waren die Überreste unserer Wohnung. Mit Stöcken sind sie darüber hergefallen und haben alles dem Erdboden gleich gemacht. Unsere Nachbarin die Blindschleiche wurde aus ihrem Versteck getrieben und dann lauthals gerufen: "Mutti, Mutti eine Schlange". Der Vater antwortete nur gelangweilt: „Dann schlagt sie doch tot". Wissen die Menschen überhaupt noch was sie tun? In ihrer Gier alles zu besitzen, vernichten sie die gesamte Natur. Die Blindschleiche wurde aufgespießt und als Trophäe herumgetragen, bis sie ein neues Objekt ihrer Begierde entdeck hatten. Nun mussten zwei Schmetterlinge sterben. Dann ging der Feldzug weiter und mehrere Fledermaus-Nistkästen schlugen sie von den Bäumen. Was soll das alles? Wir verstehen das nicht, die Natur gehört uns allen, ohne Natur kann niemand leben. So produziert eine Buche zum Beispiel soviel Sauerstoff, dass davon 7 Menschen ein ganzes Jahr von leben können. Wissen das die Menschen nicht oder interessiert sie das alles nicht? Alle Tiere dieser Erde nehmen nur soviel sie zum Leben brauchen. Nur der Mensch ist maßlos in seiner Gier, immer mehr zu besitzen. Der Mensch zerstört unsere schöne Erde und wird alles Leben vernichten. Dabei ist es doch der Mensch, der gar nicht hier hergehört. Wer hält diesen Vernichter auf? Aber kommen wir zurück zu unserem Anwesen im Wald. Hier ist nichts mehr zu tun für uns. Wir ziehen wieder um und fangen von neuem an. Die Nachricht von den schlimmen Menschen verbreitete sich sehr schnell im Wald. Die Moosmännchen haben sich weiter zurückgezogen und kaum ein Mensch wird sie jemals zu Gesicht bekomm.

Paul

E-Mail – Internet – Server –Provider ????

Jeder, im fortgeschrittenen jugendlichen Alter spricht davon, aber keiner weiß wohl so richtig, wovon er spricht.
Vor allen Dingen der Personenkreis der kein Englisch in der Schule hatte, tut sich damit sehr schwer.

E-MAIL: - die englische Abkürzung für „Elektronic Mailing", elektronische Post, ein Verfahren zum Austausch von Daten und Nachrichten über ein Datennetz. Zum Datenaustausch benötigen sie ein E-Mail – Konto auf einem Mail – Clienten Das sind (z.B. die im PC vorhandenen Programme MS Outlook oder sie laden sich aus dem Internet das E-Mail – Programm „Thunderbird" herunter. Dann rufen sie dieses Programm auf und beginnen mit der Konfiguration (Einrichtung). Dazu benötigen sie ihren Benutzernamen, das Passwort und die Adresse des ein -/ ausgehenden Mail – Servers.
Benutzername Hans.Mustermann@web.de
Das Passwort: 123berlin456
Adresse für Posteingang: Dazu gehen sie auf Server – einstellen und füllen sie das Formular aus.
Adresse für Postausgang: Dann gehen sie auf diesen Menüpunkt und füllen auch dieses Formular aus. Dann auf „OK" fertig, alles geschafft. Nun können sie E-Mails senden und empfangen.
Weiter zur Bedeutung Provider: „Zur Verfügung stellen, vermitteln. Eine Firma oder Organisation, die dem Kunden gegen Gebühr die Verbindung zum Internet anbietet" Große Provider sind America

Onlin (AOL) und T-Online von der Telekom.
Nun der Server: Das ist ein zentraler Rechner in einem Computernetzwerk, der bestimmte Dienste übernimmt. Zum Beispiel Internet – Dienste (im Internet nennt man einen Server auch einen Host)
Das Internet: Es besteht aus vielen Computernetzen, die rund um den Erdball miteinander verbunden sind. Nun wollen wir eine E—Mail versenden. Dazu tippen wir den zu sendenden Text in unseren PC ein. Dann benutzen wir das E-Mailprogram (Thunderbird) um diese Nachricht über den Zentralrechner (Server) zum Empfänger zu senden. Die Internet-Software (Programm) zerlegt die Nachricht in sogenannte Datenpakete (Teile der Nachricht). Diese bewegen sich zuerst durch das örtliche Telefonnetz zu einem Einwah knoten", das ist der Computer des Internetanbieters (web.de) (Service – Providers). An dieser Stelle werden die Datenpakete (Teilnachrichten) getrennt und zu jeweils freien Knoten im Netz (Internet) weitergeleitet. Dabei können die Datenpakete (Teilnachrichten) über Telefonleitungen, Untersee—Kabel oder Satelliten gesendet werden. Im Server (Zentralrechner des Empfängers), des

Providers (Anbieters t-online) werden die Datenpakete (Teilnachrichten) wieder in der richtigen Reihenfolge miteinander verbunden und in der für den Empfänger reservierten Mailbox (Briefkasten) gespeichert. Wenn sich der Empfänger ins Netz (Internet) einwählt und seine E-Mails abfragt, erreichen ihn die Daten (Gesamtnachricht) über sein örtliches Telefonnetz und sein Modem (meist im PC eingebaut), dass sie zur Darstellung auf dem Monitor vorbereiten (decodiert). Geschafft, die Nachricht ist beim Empfänger auf dem Monitor!

HURRA!

Paul

Der Schabernack

Ich sitze eines Abends mit dem Förster auf seiner Terrasse. Wir sprechen über Ddes und das. Nach einiger Zeit schmunzelt er in sich hinein und sagt: "Kannst du dich noch erinnern, damals als mir deine Kinder den Schabernack gespielt haben?" Ja, ja, antworte ich. In Gedanken gehen meine Erinnerungen gut 40 Jahre zurück. Aber alle Einzelheiten fallen mir wieder ein. Evi und Günter waren zwei aufgeweckte Kinder, die immer fröhlich waren und auch lustige Streiche vollführten. Einmal, im wunderschönen Garten des Försters, trieben sie es gar arg mit dem Gartenzwerg Balduin. Der stand normalerweise am Goldfischteich. Er sah richtig schick aus mit seiner roten Zipfelmütze, dem grünen Mäntelchen und der schwarzen Hose. Solange der Förster denken konnte, stand der Gartenzwerg an diesem Platz. Eines Tages, der Förster hatte Gäste, machten sich Evi und Günter am Gartenzwerg zu schaffen. Sie befestigten ihn auf dem Spielzeugauto von Max und zogen den Gartenzwerg mit Angelschnur immer über den breiten Gartenweg. Nach einiger Zeit bemerkte der Förster diese Aktivität, immer wenn er zum Gartenzwerg schaute, blieb dieser stehen. Schaute er weg, war der Zwerg wieder in Bewegung. Nun kam der Zwerg sogar im zickzack auf die Terrasse zu. Schaute der Förster hin, blieb er stehen. Nun meinte der Förster, er hätte Halluzinationen und wollte sich das ganze Spiel einmal ansehen. Er erhob sich aus seinem Schaukelstuhl und ging über die Terrasse zum breiten Gartenweg. Doch Achtung, da kam ihm der Zwerg mit Riesentempo entgegen. Erschrocken sprang er zur Seite, natürlich in die Rosenrabatte. Das schmerzte gar sehr, nun stand der Gartenzwerg vor seinem Schaukelstuhl und lachte ganz laut. Da wurde der Förster erst einmal böse und rief: „Wenn ich euch kriege, ziehe ich euch den Hosenboden straff." Da hörte er von der Terrasse eine ihm bekannte Stimme, die rief: „Fang mich doch! Fang mich doch!" „Na wartet nur, ihr Spitzbuben! Gleich habe ich euch." Laufend eilte er zur Terrasse. Der Gartenzwerg kam ihm wieder entgegen. Doch plötzlich blieb er stehen, um im nächsten Augenblick an ihm vorbei zu fliegen und im Goldfischteich zu landen. Das Lachen vom Lachsack ging in blubbern über. Günter, vom Geschehen überrascht, stand auf und sagte: „Entschuldigung! So sollte das nicht enden." Evi folgte seinem Beispiel, der Förster lachte, nahm beide in den Arm und die Sache war vergessen.

Siehste sagte der Förster: "Das waren noch richtige Streiche." Da wurde kein Rechtsanwalt wegen Sachbeschädigung beauftragt. Komm lass uns anstoßen auf unsere Jugend. Die sind nicht schlechter als wir damals, nur der verfluchte Bürokratismus macht vieles unmöglich.

Gebhardt

Zehn Mützen

Es war im Dezember und mein Mann hatte in diesem Monat seinen 65. Geburtstag.
Ich wusste ganz genau, was ich ihm schenken wollte. Eine Mütze sollte es sein, Schwarz, hinten ein Bändchen und vorn ein roter Stern, so eine wie sie Che Guevara trug.
Alle Voraussetzungen standen gut, denn wir befanden uns schon mehr als 2 Wochen auf einem Schiff mit dem Endziel Kuba. Endlich lief unser Schiff in den Hafen von Santiago de Cuba ein.
Mein Ziel war greifbar.
Auf unserem Streifzug durch die faszinierende Metropole ließ ich kein Geschäft und keinen Marktplatz aus, aber die gesuchte Mütze bekam ich nicht. Auch ein Gespräch mit einem Schweizer, der in Santiago lebte sowie eine Fahrt mit einem der zahlreichen gepflegten Oldtimer, brachten keinen Erfolg.
Sollte ich so falsch liegen, im Land des verehrten Nationalhelden eine solche Mütze zu finden.
Hitze und vergebliche Suche veranlassten uns zu einer Pause auf einem zentralen

Platz inmitten der Stadt. Neben uns auf einer steinernen Mauer saßen zwei junge Kubaner. Sie sprachen uns auf spanisch an. Das einzige Wort, was für uns verständlich war, hieß TAXI. Aber wir wollten kein Taxi und so schüttelte ich den Kopf. Die Suche nach einer Che Guevara – Mütze fiel mir wieder ein.
Vielleicht konnten die Beiden mir behilflich sein. Leider sprachen sie weder deutsch noch englisch und wir kein spanisch. Als ich ein Versuch machte, meinen Wunsch zu erklären, verstanden sie nur Che Guevara und drehten ihre Daumen nach oben.
Das verstanden wir, sie verehrten ihren revolutionären Helden. Bei dem Wort Mütze fuhr ich mit der Hand um den Kopf meines Mannes. Für das Wort „kaufen" rieb ich Daumen und Zeigefinger aneinander. Das Interesse der Beiden war geweckt. Sie reichten uns die Hände und stellten sich vor, Adrian und Fernando. Nachdem auch wir unsere Namen nannten, machte Adrian ein nachdenkliches Gesicht und sprach mit Fernando. Ein Wort habe ich gleich verstanden Companero-Freund.
Die Beiden erhoben sich von der Mauer und machten uns Zeichen ihnen zu folgen.

Ich habe es so verstanden, dass uns ein Freund von Adrian und Fernando weiterhelfen kann, so folgten wir ihnen. So liefen wir durch viele Straßen von Santiago.
Die Straßen wurden zu Gassen und wir sahen immer weniger Menschen. Jetzt hätte ich nichts gegen ein Taxi und es wurde auch ein bisschen unheimlich.
Wir wußten nicht mehr, wo wir waren. Doch dann blieb der voraus laufende Fernando stehen und zeigte auf ein Haus. Wir waren beim Companero angelangt. Dieser hatte einen Laden, der aus einem Bretterregal in der offenen Haustür bestand. Fernando hatte ihm schon erzählt, was die beiden Deutschen suchen. Er griff in sein kleines Regal und hielt eine Mütze in der erhobenen Hand. Sie war schwarz, hatte hinten ein Bändchen und vorn einen roten Stern.
Wir liefen jubelnd vor Freude zu Fernando und seinem Companero. Endlich waren wir am Ziel.
Aber eines fehlte noch – der Kaufpreis.
Companero nannte uns 20 cuc, das entsprach 20 €. Wir waren viel zu glücklich, um noch zu handeln, zahlten Companero 20 € und noch einmal 10 € an

Adrian und Fernando, als Dank für ihre Hilfe.
Eine Mütze und 4 zufriedene Menschen verließen einen ebenso glücklichen Companero.
Nachdem uns die beiden jungen Kubaner aus dem Gassengewirr geführt und herzlich verabschiedet hatten, gingen wir wieder an Bord unseres Schiffes.
Es war inzwischen Zeit zum Abendessen. Mein Mann ging voller Stolz mit seiner neuen Che Guevara-Mütze ins Restaurant. An unserem Tisch angelangt, stellten wir fest, dass auch andere Mitreisende nach solch einer Mütze Ausschau gehalten hatten, aber alle ohne Erfolg. So wanderte unsere Mütze von Kopf zu Kopf und wir berichteten über unseren abenteuerlichen Kauf. Ein Mitarbeiter der Schweizer Botschaft in Jamaika beobachtete unser Treiben, kam zu uns und sagte: "Da fehlt noch was". Er griff in seine Tasche, holte eine dicke Havanna Zigarre hervor und gab sie meinem Mann. Eine solche hat der Che auch immer gern geraucht.
Am nächsten Morgen lief unser Schiff in Havanna ein. Voller Freude und Erwartung gingen wir von Bord. Der allererste Verkaufsstand, den wir dort sahen,

bestand ausschließlich aus Che Guevara-Mützen für 3,00 € das Stück.

Mein Mann sah mich an und ich sah ihn an, dann brachen wir beide in Lachen aus, bis uns die Tränen liefen. Die Menschen um uns herum, wunderten sich und hielten uns vielleicht sogar für ein bischen verrückt. Das waren wir ja auch, denn welch normaler Mensch kauft eine Mütze, wenn er für das gleiche Geld zehn Mützen haben kann. Welch Freude, Abenteuer, Herzlichkeit wir beim Kauf unserer Mütze erfuhren, lässt sich nicht mit Geld aufwiegen – wir würden es wieder so tun, denn unsere Mütze war doch die Schönste.

Paul

Mein Dackel heißt „TEDDY"

Meinen Dackel nahm ich sehr oft mit zum Förster. Gemeinsam gingen wir dann durch den Wald. Der Förster hatte drei Dackel und alle waren gut erzogen. Die Hunde hießen Hanni, Paula und Horst. Warum sie diese Namen trugen, wusste der Förster selbst nicht mehr so genau. Die Tiere des Försters haben alle einen entsprechendem Stammbaum. Mein Dackel hingegen war auch von edler Abstammung, vom „DOKÖ„ (vom Dorfköter). Er besaß für einen Dackel viel zu lange Beine, sein Fell war struppig wie eine Bürste und auch so manches andere stimmte nicht an seinen Proportionen. Dafür war er eine treue Seele. Alles was mir gehörte, war auch sein Eigentum und das verteidigte er bis auf den letzten Atemzug. Futter nahm er mal von Fremden, das nächstemal hingegen verweigerte er die Annahme. Ich habe, solange der Dackel gelebt hat und das waren immerhin 13 Jahre versucht, ihm einige Anstandsregeln beizubringen, bin aber jedesmal gescheitert. Die Befehle „Platz, Sitz, bleib und so weiter hat er sich von des Försters Hunden abgeschaut und nachgemacht. Ich staunte immer wieder auf unseren Spaziergängen, wie er den Befehlen des Försters Folge leistete und alles genauso erledigte, wie dessen eigenen Hunde. Gab ich einen Befehl, schaute er mich nur kurz von der Seite an und machte dann das, wonach ihm gerade war. Einen einzigen Erfolg habe ich doch zu vermerken. Legte ich den Finger an den Mund, war er sofort still und gab lange Zeit keinen Laut mehr von sich. Teddy war mit allen Tieren des Waldes gut Freund. Er hetzte keinen Hasen, rannte keinem Fuchs nach und auch sonst keinem Tier. Nur der Füchsin Knickschwanz kam er manchmal bedrohlich nahe. Diese lebte schon seit einigen Jahren in der Nähe des Anwesens. Ihr geknickter Schwanz ist wohl einem Fangeisen geschuldet, dem sie entkommen ist. Jedes Jahr im Frühjahr kam die Füchsin und stellte uns ihren Nachwuchs vor. Es waren meist 3-5 kleine Füchslein, die noch tollpatschig ihrer Mutter folgten. Wenn Teddy das sah, rastete er aus. Er suchte einen kleinen Ball und stürmte sobald wir die Tür öffneten, auf die Fuchsfamilie los. Diese kannte ja den Dackel und machte überhaupt keine Anstalten den Hof zu verlassen. Die kleinen Füchslein versteckten sich hinter der Mutter. Kam Teddy der Füchsin zu nahe, erhielt er von ihr einige Orfeigen. Dann sprang er zurück, legte sich auf den Bauch und wedelte mit dem Schwanz, dass der Sand nur so flog. Denn ließ der Hund den Ball fallen, dass heißt, er kullerte ihn Richtung Füchse. Die kleinen Füchse ließen sich nicht lange bitten. Im Nu war ein Knäuel aus den Füchslein und meinem Dackel auf dem Hof zu Gange. Das Spielen und Balgen nahm kein Ende. Abrufen ließ sich der Hund nicht und meist verschwand der gemeinsam mit den Füchsen. Manchmal dauerte es einige Stunden bis er wieder kam oder er blieb auch schon mal 3 Tage fort. Wenn er dann ankam, stank er so fürchterlich, dass er ohne ausgiebiges Bad nicht ins Haus durfte. Dann sah er meist zerzaust aus, mit aufgekratzen Ohren und blutender Nase. Manchmal habe ich das Gefühl, der Hund stammt aus einem Fuchswurf, denn wie soll ich mir sein Verhalten erklären. Der Förster winkt nur ab und sagt: "Das ist ein ganz normaler Spieltrieb." Ich frage mich nur, warum ausgerechnet mit den Füchsen. Diesen Spaß hatten wir vier Jahre hintereinander. Dann wurde die Füchsin auf einer Treibjagt erschossen. Die Tiere müssen das merken, denn unser Teddy hat ein ganze Woche nichts gefressen und ist immer zwischen Hof und Fuchsbau hin und her gelaufen.

Paul

Die große Überraschung!

Es war ein strahlend schöner Morgen, als wir Drei aufbrachen, um die Gegend zu erkunden. So führte uns unser Weg auch

auf den Segelflugplatz nach ROITZSCHJORA.
Wir das waren mein Schatz sowie unser großer Hund Benn und ich.
Die Sonne brannte auf unsere unbedeckten Häupter und das schwarze dichte Fell von Benn, so als wollte sie alles verbrennen.
Auf dem Segelflugplatz war trotz alle dem reges Treiben zu verzeichnen. Nach kurzer Zeit kamen wir mit dem Startstellenleiter Segelflug ins Gespräch.
Dieser bot uns erst einmal eine Kopfbedeckung an und einen schattigen Platz hinter dem Startwaagen.
Dann erläuterte er uns die unterschiedlichen zum Start bereit stehenden Segelflugzeuge und noch vieles mehr.
Meine Partnerin berichtete ihm, dass ich vor 2 Jahren hier schon einmal mit einem Segelflugzeug einen Gastflug absolviert hatte. Daraufhin bestätigte der Startstellenleiter das dies nach wie vor möglich wäre. Daraufhin sagte sie spontan zu mit:"Ich schenke dir einen Gastflug zum 70. Geburtstag."Ich bin vor Freude ihr in die Arme gefallen. Die nun folgenden Formalitäten waren sehr schnell erledigt. Durch Zufall war der Segelflugpilot anwesend, mit dem ich den

vorhergehenden Segelflug absolviert hatte. Dieser war auch bereit mit mir in die Lüfte zu gehen.
In mir stieg die Spannung von Minute zu Minute. Alle meine Sinne waren angespannt vom Fuß bis zu den Haarwurzeln. Ich wollte unbedingt in das Flugzeug, ich wollte wieder in die Luft, ich wollte wieder frei sein wie ein Vogel.
Der doppelsitzige PUCHACZ, wartete förmlich darauf abzuheben. Der Einstieg in das Segelflugzeug erfolgte reibungslos, aufgrund der Erfahrungen des letzten Fluges. Auch der Segelflugpilot M. war, bereit mit mir zu fliegen. Vor dem Start mit der Seilwinde, dem sogenannten Windenstart, den wir dieses mal bevorzugten, sagte der Pilot noch zu mir. „Wir haben heute ideales Flugwetter." „Dann nutzen wir es aus:" Antwortete ich ihm frohgelaunt." Der Start mit der Seilwinde war so sanft als würde ich zu Hause im Sessel sitzen. Nach dem das Seil angezogen hatte, hob das Flugzeug sehr schnell vom Boden ab. Der Pilot, stellte das Segelflugzeug, sofort gegen den Wind und zwang es damit aufzusteigen. In einer Höhe von ca. 600 m wurde das Zugseil ausgeklinkt und fiel zur Erde zurück. Dieses Ausklinken war verbunden mit

einem leichten Ruck, den ich im Segelflieger wahrnahm.

Nun waren wir wieder vogelfrei in den Lüften über Roitzschjora. Der Pilot M. suchte nicht lange nach Thermik und ließ das Segelflugzeug mit 3 bis 5 m/s stetig steigen. So schraubte sich das Flugzeug in die beachtliche Höhe von 2200m. Damit hatten wir die Wolkenuntergrenze fast erreicht.

Das Must du gesehen haben lieber Leser.

Die Wolken sind an ihrer Untergrenze schnurgerade, gerade so als hätte sie jemand rasiert. Das ist ein Bild, das mehr als nur beeindruckend ist. Es löst Emotionen in dir aus.

Du hast das Gefühl von Freiheit in dir.

Du wirst erinnert an den alten Schlager in dem gesungen wird:"...Über den Wolken muss die Freiheit wohl grenzenlos sein....."

Ein Gefühl Bemächtig sich deiner.

Ein Zustand, der sich nicht beschreiben lässt.

Es ist wohl am ehesten mit einem Rausch zu vergleichen.

Die Wolkengebilde, die hindurch strahlende Sonne, Licht und Schatten in Verbindung mit diffusem Licht, versetzt dich in eine andere Welt.

Du bist völlig eins mit dir. Ruhig entspannt und ohne jede Angst.
Diese Emotionen ereilen dich nur in einem Segelflug.
Denn geflogen bin ich sehr oft mit anderen Flugzeugen, aber das Gefühl des völlig freiseins habe ich nur im Segelflugzeug erfahren.
Schaust du nach unten zur Erde ist alles so klein und zierlich, so unrealistisch und dennoch wahr.
In 2000 m Höhe ist es schon empfindlich kühl.
Die Reisegeschwindigkeit betrug ständig zwischen 80 km/h und mehr als 100 km/ h.
Es ist schon beachtlich wie der Pilot die Orientierung behält, wenn er im Steigflug den Segelflieger vielmals um die eigene Achse dreht.
Das Fliegen unter dunklen Wolken macht schon etwas Angst, je näher man den Wolken kommt. Diese Wolken, so glaube ich, bringen die kräftigste Thermik mit.
Nun gingen wir über in den Streckenflug.
Zuerst in Richtung Gräfenhainichen und weiter nach Ferropolis, der Stadt aus Eisen. Über dieser Anlage sind wir einige male gekreist. Das sich bietende Bild war einfach gigantisch.

Weiter ging die Reise Richtung Bitterfeld. Das Bild, welches die Mulde bot, war unrealistisch denn der Fluss und der Stausee waren nicht wasserblau, sondern von Smart grüner Farbe.

Über Bitterfeld –Wolfen sind wir geraume Zeit gekreist und haben uns alles von oben genau angesehen. Das sind völlig neue Eindrücke von der Stadt und ihrer territorialen Ausdehnung.

Danach flogen wir weiter Richtung Dessau und Köthen.

Dann erreichte uns der Rückruf zum Flugplatz Roitzschjora. Ich habe bei all den Eindrücken völlig die Zeit vergessen. Den seit dem Start waren über 2 h vergangen. Für mich hingegen war es nur ein Augenaufschlag.

Aber wie auch immer wir mussten zurück über Bitterfeld die Gotische und weiter über Löbnitz zurück zum Flugplatz.

Ich Nam an dass es sehr einfach ist von großer Höhe zur Erde hernieder zu gleiten. Das war leider weit gefehlt. Denn es dauerte nun mindesten so lang herunter zu kommen, wie es Zeit brauchte die 2000 m Höhe zu erreichen.

Das Flugzeug strebte seinem Flugplatz entgegen und der Pilot gab sich sehr viel Mühe, das Flugzeug nach unten zu bringen.

Die Thermik meinte es an diesem Tag sehr gut mit uns und hob uns immer wieder an. Nach einigen Flugplatzrunden hatten wir die richtige Höhe erreicht und setzten danach sanft zur Landung an. Wir schwebten hernieder, wie auf einem Teppich.

Schade das es nicht möglich war noch länger in der Luft zu bleiben. Es war sehr schön, mit dem erfahrenen Piloten M. in den Lüften von Sachsen und Sachsen-Anhalt zu verweilen.

Nach dem Motto"Frei wie ein Vogel im Wind".

Ich danke meinem Schatz für dieses einmalige Geburtstagsgeschenk.

Das wird eine immer währende Erinnerung in mir bleibens.

Mein besonderer Dank gilt dem Piloten M. der mir diese Andenken beschert und dem Team des Segelflugplatzes Roitzschjora, die alles ermöglicht hatten.

Danke an alle Beteiligten, ihr habt mir das schönste Geschenk meines Lebens gemacht!

Inhaltsverzeichnis :

Seite	Inhalt	Autor-in
2	Herstel. u. Verlag	Paul
3	ISBN	BoD
4	zu den Autoren	Paul
5	Abenteuer auf der Wiese	Krause
7	Es waren zwei Goitzscheki.	Lange
8	Eine Geschichte voller Ere.	Paul
18	Der Harzausflug	Dieteri.
21	Kein schöner Land	Lange
22	Die kleine Getreidefibel	Paul
23	Der Kleine Schreihals	Hillebr.
35	Der Pechvogel	Stolze-K
37	Die Weberin	Gebhard
39	Der Wettlauf	Paul
41	Zitat Addison	Paul
41	Rettet unser Kulturgut	Paul
43	Der Zug des Lebens	Unbeka.
45	Im Wohnpark Darlingero.	Reinel
47	Abenteuer auf dem Spielpl.	Krause
50	Die kleine Birke	Paul
53	Habern se schon jehört	Stolze-K.
57	Geburtstagsgrüße, Liebesge.	Paul
60	Zitat Hesse	Paul
61	Die alte Johanna	Stolze K.
78	Zitat Epiktet	Paul
79	Frösche im Teich	Tietz
80	Was ist Glück	Paul
81	Spauk in dä Remise (Pla.)	Härtel
85	Den Wölfen sehr nah	Schröder

87	Der Nationalpark Harz	Schröder
92	Wie arm wir doch sind	Unbek.
93	Der Schluckauf	Stolze K.
95	Noah und die Arche	Unbek.
102	Die Selke	Paul
103	von Hund Katze und Maus	Paul
105	Wandergruppe	Paul
109	Die Zeit	Unbek.
110	Die Begegnung mit Moosmä.	Paul
112	E Mail,Intern.,Server.,Provi.	Paul
115	Der Schabernack	Paul
118	10 Münzen	Gebhar.
121	Mein Dackel heißt „Teddy"	Paul
125	Die große Überraschung	Paul
131	Inhaltsverzeichnis	
140	Zu den Autorinnen und Aut.	

Die Autorinnen und Autoren

Klaus Dieterich

23.08.1937 in Blankenburg (Sachsen – Anhalt) geboren In seinem Leben hat er viele Führungspositionen innegehabt. Zum Schreiben gelangte er durch seine Lebenspartnerin, die bereits mehrere

Veröffentlichungen vorweisen kann. Er arbeitet an weiteren Werken.

Gebhardt, Ingrid

Geboren am 21.05.1953 in Raguhn, Sachsen- Anhalt
Als gelernte Diplomlandwirtin und später Selbstständige mit einem Antiquariat im ersten deutschen Buchdorf Mühlbeck/Friedersdorf, kam ich zum Schreiben durch die jährlichen Literaturfreundetreffen.

Hillebrand Gabi

Geboren am 15.04.1950 in Elbingerode. Sie studierte in Leipzig Chemieingenieur. Hat nunmehr 3 Enkelkinder. Neben dem Schreiben widmet sie sich der Handarbeit. Von ihr sind weitere Kurzgeschichten zu erwarten.

Krause Edeltraud

Geboren 1962 in Parchim und aufgewachsen in einem kleinen mecklenburgischem Ort namens Woeten.
Sie absolvierte ein Fachschulstudium zur Krippenpädagogin. Seit dieser Zeit arbeitet sie vorwiegend im Krippenbereich einer Kindertagesstätte in Parchim. Zum Schreiben ist sie gelangt durch die Verbindung zum Literarurfreundeskreis um Marion Lange. Sie hat bereits mehrere kleine Werke in Anthologien veröffentlicht.

Lange Marion

Geboren 1961, wohnt in der Einheitsgemeinde Muldestausee im OT Mühlbeck direkt am Goitzschesee, erlernter Beruf: Facharbeiter für Schreibtechnik, jetzt Verwaltungsfachangestellte in der kommunalen Verwaltung, erfolgreicher Abschluss der „Schule des Schreibens" an der Axel Andersson Akademie in Hamburg,

Autorin mehrerer Bücher, Herausgeberin von Anthologien, schreibt vorwiegend Regionalliteratur und Kurzgeschichten, stellt das Bitterfelder Original „Leineliese" dar und präsentiert ihre Heimat die Goitzsche, leitet die Literaturgruppe „Die schreibenden Goitzschefedern", die sie im Jahre 2014 gegründet hat.

Paul (PS)

Geboren am 18.08.1949. Sein Geburtsort liegt in Sachsen–Anhalt, dem schönen Örtchen Wörbzig. Nachdem er aus dem aktiven Berufsleben ausgeschieden ist, hat er sich wieder dem Schreiben gewidmet. Sein letztes Buch war den Kindern dieser Welt gewidmet. Dieses Werk nun wird verlegt als Anthologie. Weitere Werke sind in Vorbereitung.

Reinel Anika

Geboren in Werningerode, am 09.11.1984.

Dort besuchte sie auch das Gymnasium und schrieb zu dem Zeitpunkt bereits Texte für die Schulzeitung. Nach der Ausbildung zur Einzelhandels-Kauffrau arbeitete sie als stellvertretender Filialleiter bei ALDI. Seit nunmehr 4 Jahren ist sie in der Humanas-Gruppe tätig und kümmert sich um die Senioren in der Wohnanlage Darlingerode. In der Anlage schreibt sie für die Senioren und gestaltet die Zeitung im Haus. Schriftstellerisch ist von ihr noch einiges zu erwarten.

Stolze – Kapphammel, Jana

Geboren am 20.08.1975, wohnhaft in Zörbig (Sachsen–Anhalt. Sie ist seit über 25 Jahren bei der Post beschäftigt. Mitglied bei den „Schreibenden Goitzschefedern" ist sie seit 2014. Sie sagt von sich: "Lesen ist eine große Leidenschaft von mir." Gemeinsam mit meinem Mann teile ich die

Leidenschaft für Filme und Fotografieren. Wir sind sehr tierlieb und naturverbunden. Es macht mir sehr viel Spaß, kleine Geschichten oder Gedichte zu schreiben und diese selbst vorzutragen

Schröder, Solveig

Geboren am 16.01.1975 in Quedlinburg. Ihre Kindheit verlebte sie im kleinen Harzstädtchen Güntersberge. Als ausgebildete Kauffrau für Bürokommunikation kam sie durch Zufall zum Schreiben. Ihrem erstes Gemeinschaftswerk „Neue Geschichten aus dem Harz" werden weitere folgen.